PASQUAL ALAPONT

W0183894

UN VERANO SIN FRANCESAS

edebé

Índice

Título original: *Un estiu sense franceses*

© Pasqual Alapont, 2000

© Ed. Cast.: edebé, 2005
Paseo de San Juan Bosco, 62
08017 Barcelona
www.edebe.com

Directora de la colección: Reina Duarte
Diseño de las cubiertas: César Farrés
Ilustraciones: David Molinero
Fotografía de cubierta: Masterfile
Traducción: Raquel Solà

6.ª edición

ISBN 978-84-236-8006-1
Depósito Legal: B. 32106-2011
Impreso en España
Printed in Spain
EGS - Rosario, 2 - Barcelona

Cualquier forma de reproducción, distribución, comunicación pública o transformación de esta obra solo puede ser realizada con la autorización de sus titulares, salvo excepción prevista por la ley. Diríjase a CEDRO (Centro Español de Derechos Reprográficos) si necesita fotocopiar o escanear algún fragmento de esta obra (www.conlicencia.com; 91 702 19 70 / 93 272 04 45).

1. Presentaciones

Hemos llegado al balneario por la noche muy tarde, hacia las tres de la madrugada. Nos esperaban a eso de las cuatro de la tarde, después de comer, pero papá se ha empeñado en decir que conocía un camino mejor, «más corto y pintoresco», nos ha explicado. Pintoresco sí era, al menos hasta que se ha puesto el Sol. Hemos hecho una porrada de kilómetros de más por carreteras que ni los más optimistas calificarían como tales. Y gracias a que mamá y yo nos lo hemos tomado a broma. Al fin y al cabo, no estábamos del todo perdidos, sólo un poco desorientados, en algún punto entre Cádiz y Vladivostok.

La señora que nos ha abierto la puerta no estaba de muy buen humor. Estaba chupada como un estropajo escurrido y soltaba las palabras de sopetón, como tiros de escopeta. Nos ha dado unas llaves y nos ha indicado el piso de arriba. Estaba claro que teníamos que encontrar las habitaciones por nuestra cuenta, así que, si mi padre continuaba con la manía de buscar un atajo, quién sabe si dormiríamos aquella noche.

La ciento seis, mi alojamiento durante los próximos quince días, se encuentra en un rincón del ala Norte. Los muebles deben de tener unos doscientos años y la carcoma campa alegremente como Pedro por su casa. Por suerte, la habitación está orientada a la piscina y el paisaje de las bañistas promete ser educativo. He abierto el armario, he dejado dentro la maleta y después me he metido en la cama. La temperatura fresca hacía que las sábanas fuesen agradables. Después de la canícula de los últimos días en la ciudad, esto parecía el presagio de unas vacaciones tranquilas en un «ambiente higiénico y romántico», según proclama ufana la guía del balneario que he encontrado sobre la mesilla de noche. Muy adecuada esta definición, por cierto. El polvo, como mínimo, debe de ser de la época del Romanticismo.

Los del balneario de Aguacalda aseguran que las enfermedades reumáticas, circulatorias, respiratorias, digestivas y urinarias no tienen secretos para ellos. En una palabra, que les entra un viejo pingajo completamente calvo por la puerta y al cabo de un mes sale de allí un atleta rubio, de dos metros de alto y botando como una rana. Supongo que al lado de eso, mis granitos son menudencias, como coser y cantar, vamos. Por mi parte, estoy dispuesto a embadurnarme la cara con arcilla o boñiga de pantera si son capaces de curarme el acné.

Cuenta la leyenda que las propiedades curativas del agua fueron descubiertas accidentalmente por un pastor afectado de asma. Cada día sorbía el agua bicarbonatada sódica que brotaba de la roca y, al cabo de unos meses, se curó del todo y aprendió a tocar la guitarra. Por lo que parece, el bicarbonato sódico tuvo muy poco que ver con su afición musical, pero la redacción de la guía es lo suficientemente ambigua como para darlo a entender. El caso es que el pastor se hizo famoso como concertista e invirtió su dinero en la construcción del balneario de Aguacalda. Desde entonces, sus descendientes han aprovechado su historia como reclamo. «Bebed un sorbo de esta agua y os convertiréis en violoncelistas, gente famosa, millonarios», vienen a decir. Dios sabe los incautos que habrán atrapado con esta engañifa.

Aguacalda tuvo mucho renombre en el siglo XIX. Toda la aristocracia decadente europea venía a jugarse la pasta en su casino y más de un conde resultó desplumado. Ahora frecuentan el balneario los representantes más achacosos de la tercera edad y se ha convertido en un reducto de placidez, el paraíso del aburrimiento. La etapa decadente ha dejado paso a la de la decadencia, y el casino se ha convertido en una cafetería. Pueden estar satisfechos mis padres con esta jugarreta. Aunque la brillante idea nos la sugirió un tal Ismael Quilis, amigo de la infancia de papá. Este insensato individuo, harto de la civilización, emigró hace algunos años al campo. Ahora vive a pocos kilómetros de Aguacalda y habla del lugar con una alegría sin límites, como si fuese suyo. «Aquello es muy tranquilo, ya lo veréis, un reducto de paz», argumentó para convencernos. Por un instante pensé si, en vez de un balneario, no nos estaba describiendo el cementerio del pueblo. ¡No te fastidia! Si mis padres querían tranquilidad, ¿por qué no se apuntaron a un curso de yoga?

El panorama, por tanto, es desolador. En cualquier caso, no tengo que compartir la habitación, y eso ya me está medio bien. ¡Ya es suficiente compartir las vacaciones de mis padres, rodeado de viejos hepáticos! Sólo de pensar que en estos momentos mis amigos deben de estar en la playa persiguiendo francesas, estoy que me subo por las paredes. Por lo que se deduce de la guía, las inhalaciones bronquiales y las duchas escocesas son las emociones más fuertes que me ofrece el balneario.

Al menos aprovecharé para estudiar y hacer ejercicio. Tengo que organizarme, hacer un plan de trabajo. Sólo faltaría que el año que viene aún llevara colgando las Ciencias. Por la mañana, una ducha fría, veinticinco abdominales, desayuno fuerte, diez largos de piscina y una excursión por la montaña; por la tarde, un par de horas de repaso y fórmulas químicas laberínticas. Me siento tan dispuesto, tan animado, que pongo el despertador a las siete de la mañana.

* * *

Ahora entiendo por qué la hiena que nos recibió me dio la habitación que da a la piscina. Seguro que es la broma que gastan a los huéspedes novatos.

Hace ya más de una hora que oigo los alaridos de los bañistas. ¿Acaso no duermen los abuelos o qué? Deben de estar tiesos de frío, al borde de la pulmonía, para decirlo con optimismo. Consulto el despertador. Vaya, las once. No entiendo por qué no ha sonado.

Por lo que parece anoche estaba tan cansado que le di cuerda a la manga del pijama. Sospecha: a lo mejor me he dormido. Pero después de todo, ¿para qué sirven los padres, sino para despertar a los hijos? Otra decepción, y con ésta van... Las cosas eran mucho más fáciles cuando yo era pequeño, es un hecho. Los padres siempre estaban al quite cuando los necesitabas. Que estabas resfriado..., avisaban al sádico desaprensivo de bata blanca que te pinchaba el culo. Que los primos te hinchaban la cara..., mis padres me preguntaban qué les había hecho yo, pobrecillos. ¿Tenías que hacer un par de divisiones? Mis padres echaban mano de la calculadora. Sin duda, todo se estropeó cuando empezaron las ecuaciones de primer grado. Ya nada volvió a ser lo mismo. Desde entonces, voy solo por la vida, con las Matemáticas y las Ciencias colgadas del cuello como una losa.

Un poco contrariado por no haber podido hacer la sesión de gimnasia, he abierto la ventana de par en par. ¡Ojalá un relámpago me hubiese fulminado al instante! ¡Que la furia del viento me hubiese arrancado los cabellos de raíz! ¡Qué visión, Dios mío, no la olvidaré nunca! Debajo de mi ventana, sobre el césped, como tres lubinas a la parrilla, había tres dignas representantes de la tercera edad, vestidas con un bañador estampado y parapetadas tras unas gafas de sol. Me han saludado todas a la vez con un teclear de dedos y la boca desmesuradamente abierta, igual que unas rentistas de Saint-Tropez. O como tres focas bálticas, ¿quién sabe? Las comparaciones no son mi fuerte. He correspondido al saludo. ¿Qué podía hacer si no? Me hago cruces del grado de depravación que ha alcanzado la ancianidad.

* * *

De camino al comedor he pasado a recoger a mis padres. Tenían cara de haber dormido poco. Y eso que se acostaron a la misma hora que yo. ¿O no? En cualquier caso, me imagino que no se habrán entretenido toda la noche leyendo la guía de Aguacalda. No creo que papá se refiriese a la historia del pastor guitarrista cuando ha susurrado:

—Hacía tiempo que no lo pasaba tan bien, María.

Sospecho que ya va siendo hora de que papá y yo tengamos una conversación de hombre a hombre, y que me explique algunos temas escabrosos, intrincados y peliagudos.

El comedor estaba casi vacío. El horario de desayuno terminaba a las diez de la mañana, como mucho a las diez y diez, pero hoy, por deferencia a nosotros, como se ha encargado de remarcar la hiena que anoche nos dio la bienvenida, lo han mantenido abierto hasta las once y nos han ofrecido una taza de café o un zumo de naranja, a escoger. He pedido un chocolate y una ensaimada. El camarero ha escrutado el rostro hierático de la hiena y, acto seguido, me ha mirado con los ojos relampagueando súplicas.

—Bueno, si no tienen ensaimada, tráigame un cruasán —he dicho impasible.

La hiena ha sonreído y ha hecho una leve indicación con la mano, que bien podía significar que me trajesen el cruasán o que me lanzasen a los cocodri-

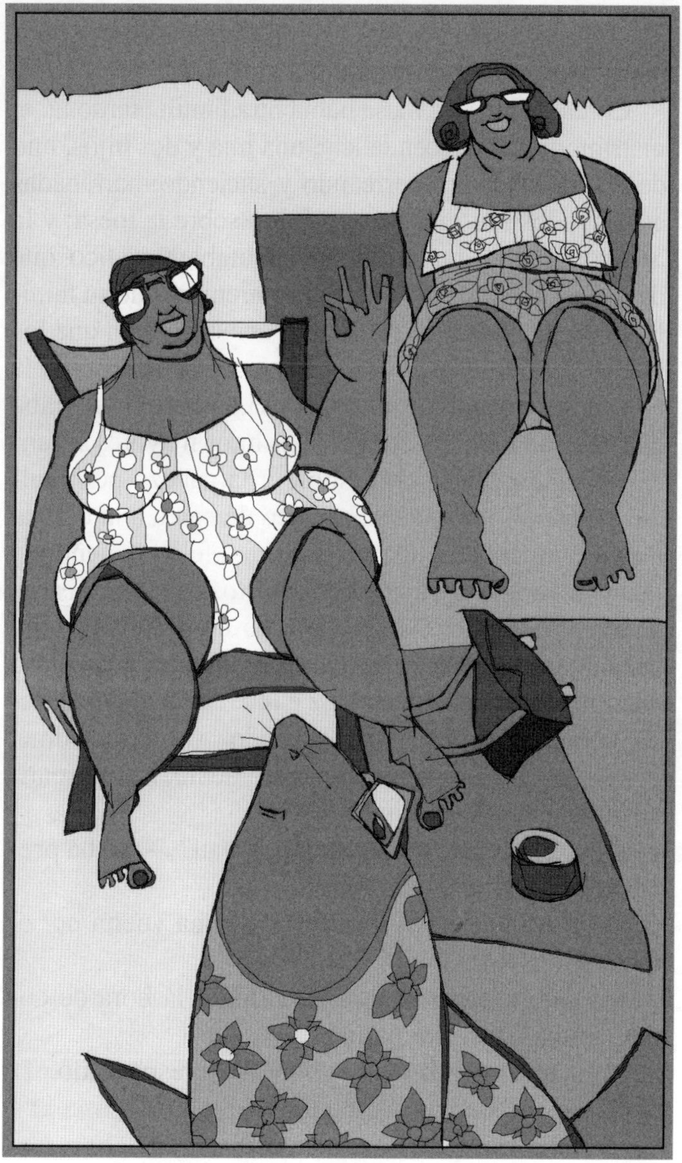

los. Puñetas, si lo llego a saber, pido pastelillos de boniato, por mí que no quede.

Cerca de nuestra mesa había otra familia tardona: el matrimonio; la descendencia, una hija y dos hijos, uno de ellos en pañales berreando y haciendo marranadas en todos los sentidos de la palabra sobre la mesa; y la ascendencia, la abuela, de aspecto afable y rústico, que de vez en cuando pedía paz a los miembros de su familia y obtenía a cambio la misma consideración que los mediadores entre palestinos e israelíes. El padre reñía a los hijos y discutía con su esposa, la cual le superaba en apasionamiento y coraje, y los hijos mayores se lanzaban toda materia comestible a la cabeza por cualquier cosa. A pesar de su aspecto de barca a la deriva, daban la impresión de ser un grupito feliz, risueño y a punto del colapso. A su lado, es justo decir que mis padres y yo nos hemos comportado como una familia británica, una familia británica flemática y de clase alta: hablábamos a media voz e intercambiábamos frases como «pásame el agua, querido» y «perdonadme, por favor, voy a mear». Por un momento, me he sentido en la piel del príncipe de Gales.

—¿Qué piensas hacer ahora, Arnau? —me ha preguntado papá después de desayunar.

—Pues no lo sé, a lo mejor doy una vuelta por el balneario.

—¿Qué te parece si estudias hasta la hora de comer? —ha sugerido mamá.

—Es una posibilidad, *milady* —he respondido.

* * *

No pensaba ni considerar dicha remotísima posibilidad, por supuesto. Eso significaría alterar mi horario. Así pues, he dado una vuelta por los alrededores de Aguacalda, con las manos a la espalda, como un pensionista, inspeccionando el terreno. Justo delante del hotel, al atravesar un pequeño camino que conduce a la carretera, hay un jardincillo, un parterre medio abandonado salpicado de sillas y mesas románticas, de la época del Romanticismo, quiero decir, despanzurradas y sucias, a juego con el resto. Desde aquí se puede acceder a las instalaciones del balneario y se pueden hacer excursiones a la fuente del Pastor, la cueva del Milagro y el mirador de la Peña, desde donde se contempla también la cascada de la Condesa, un salto de agua en el lecho del río que, unos kilómetros más abajo, pasa a poca distancia del hotel, muy cerca de la piscina.

No me sentía con ánimos de hacer ninguna excursión y he observado el edificio de terapia termal. Allí se pueden tomar duchas escocesas, circulares, filiformes, nasales y subacuáticas, baños de hidromasaje y de burbujas, masajes manuales, tratamiento de fango y pediluvios. Una de las empleadas, pelirroja, de cuerpo frágil como una bailarina, me ha informado de que la sesión de tortura completa vale veinticinco mil castañas y que los pediluvios no eran, como yo imaginaba, expulsión de pedetes estomacales. Teniendo esto en cuenta, no me he atrevido a confesarle mi idea sobre las duchas filiformes o no sé qué clase de degenerado se pensaría que soy. Ni siquiera me atreveré a pedirle un masaje alguna vez. No sería capaz de aguantar su sonrisa cómplice. Entre nosotros se ha alzado una sombra de desconfianza, una especie de pediluvio, vamos.

En una de las salas de espera había una pareja con la cara cubierta de arcilla. He entrado en el instante en que ella le decía:

—Jaime, no lo volveré a hacer más. Ya verás como de ahora en adelante todo cambiará. Te lo prometo.

Y el tal Jaime, con la cara acartonada por el fango, le respondía:

—Nuria, Nuria, Nuria, ¿cómo me has podido hacer esto?

La cosa apestaba a tragedia, aunque no me he podido enterar de nada más. Los dos han enmudecido al verme, y eso que soy de reflejos rápidos.

—*Pardon* —les he dicho—, *je ne comprends pas ce que vous disez. Je suis étranger, vous pouvez continuer*.

Pero inexplicablemente se han levantado y se han ido. Su historia es clara como el agua. Nuria ha estado practicando el parapente a espaldas de Jaime, pero ahora está dispuesta a dejarlo. A buen entendedor pocas palabras bastan. He pensado en seguirlos, convencido de que su ejemplo sería más útil para mi educación sexual que la conversación de hombre a hombre con mi padre, pero un anciano vestido con un chándal y calzado con unas zapatillas raídas se me ha puesto delante.

—¡Eh, chaval!, ¿me harías un favor?

—Sí, claro —le he contestado.

—A ver si puedes despistar a aquel monstruo —se refería a uno de los empleados del balneario, de bíceps enormes como ramas de secuoya—. Me tiene molido con sus masajes. Mis huesos necesitan más delicadeza, ¿sabes lo que quiero decir?

Quería decir un masaje con la otra empleada, la Pediluvio de cuerpo frágil, precisamente.

Me he brindado a ayudarle y he preguntado al secuoya cuál es el mejor tratamiento para el acné. Mientras me explicaba las ventajas de la fangoterapia, he visto de reojo cómo el viejo hablaba con Pediluvio. Ella ha asentido con la cabeza y después ha entrado en una habitación. El viejo me ha mirado con agradecimiento y ha hecho un gesto con la mano, con el índice y el pulgar unidos y el resto de los dedos alzado, como un aviador antes de despegar. En seguida ha salido un barbudo con camiseta blanca de la habitación donde ha entrado Pediluvio y ha preguntado en voz alta quién era el que quería un masaje. El viejo apenas ha tenido tiempo de cambiar el gesto de la mano por uno de reconocimiento, y el barbudo le ha empujado dentro sin contemplaciones. Antes de entrar en la sala de masajes, el viejo me ha dirigido una última mirada de desconcierto, la misma mirada aturdida que debían de poner los cristianos antes de ser tragados por los leones del circo romano.

Finalmente, he pasado por la piscina, al otro lado del hotel, el que da al río. Las tres Gracias que me han saludado esta mañana habían desaparecido. He mirado al agua y he calculado mentalmente que tenía tiempo de subir a la habitación, coger el bañador y hacer los diez largos antes de almorzar, para recuperar tiempo. Pero he tocado el agua, fría como el hielo, y he decidido dejarlo para más tarde, o para mañana quizá, por eso de empezar bien el día desde el principio.

* * *

Había un buen follón en el comedor cuando he aparecido. La hiena, al verme, me ha soltado:

—Ya hace rato que tus padres te esperan, llegas tarde.

—No, son ellos los que han llegado demasiado pronto —he contestado.

Sé que me habría estrangulado allí mismo, pero me ha sonreído y me ha dejado pasar. Si las sonrisas se pudiesen traducir, la suya significaría: «La venganza es un plato que se sirve frío, carroña».

He decidido no hacerle caso. En un rincón de la sala estaba el abuelo del masaje y me he acercado para saludarle.

—¿Cómo ha ido eso? —le he preguntado.

—No te creas, una vez me atropelló una furgoneta y me sentí peor.

—Lo lamento.

—¿Quieres comer conmigo?

—Tengo que comer con mis padres, me esperan.

—¿Por qué? ¿No saben comer solos?

Nos hemos reído. El abuelo tiene una mirada franca, limpia, de iris perlino, y cuando se ríe, la cara se le ensancha de satisfacción y enrojece, igual que si se ruborizase.

—Otro día, quizá —le he respondido.

—Si quieres algo, soy Benjamín.

—Y yo, Arnau, gracias.

Mis padres, de hecho, no me esperaban y ya iban por el segundo plato, albóndigas, aunque por la textura muy bien podían ser rocas graníticas o balas de cañón. El camarero se ha acercado y me ha recitado el menú con la desgana propia del gremio: sopa o macarrones de primero y lenguado o albóndigas de segundo.

—¿El lenguado está tan duro como las albóndigas? —he preguntado con un interés entre distante y científico que no se me ha valorado como merecía.

—Pero si las albóndigas están muy tiernas —ha respondido él con una risa histérica.

—A mí me puede hablar con confianza —le he confesado.

—¿Qué?

—Tráigale la sopa y el lenguado —ha sugerido flemático mi padre.

—Mejor una ensalada —he contraatacado yo.

—¿Una qué?

—Una ensalada, ya sabe, lechuga, cebolla, tomate. Huevos duros.

—Me parece que tendré que consultarlo... Así, ¿qué? ¿La sopa y el lenguado?

—No, no, consulte, consulte.

—Ah.

El camarero ha dado media vuelta con la moral por los suelos y se ha ido a la cocina. Papá me ha hecho entonces una reflexión muy interesante sobre temas generales de educación.

—Te has pasado un poco, ¿no? —me ha increpado.

—¿Tú crees? ¿No tendría que haber pedido los huevos duros, verdad?

—Sabes muy bien a qué me refiero. No estamos en un hotel de cinco estrellas. No puedes pedir lo que te venga en gana. Si hay macarrones, macarrones, y si hay albóndigas...

—¿Esto es una albóndiga? —he declamado histriónico cogiendo la pelotita de carne entre los dedos—. ¿Estás seguro de que no se trata de una rueda de camión?

—Da igual, no puedes humillar a la gente así. ¿Quién te has creído que eres, el emir de Bahraín? ¿Qué quieres tú, sesos de canario?

En el fondo mi padre tenía razón, pero me cuesta bastante aflojar la cuerda... Más de una vez me he llevado algún disgusto por mi estúpido orgullo; es que no lo puedo evitar. He pensado en disculparme cuando viniese el camarero. Mientras, para mostrar mis buenas intenciones, he probado una albóndiga. Buena sí parecía, suculenta incluso, pero se me ha atravesado en el gaznate de tan dura. Nada que hacer, no pasaba ni hacia delante ni hacia atrás, encajada como un tapón de corcho. Me he ido poniendo de color morado y me ha sucedido eso que dicen que ves pasar toda tu vida por delante en el momento de morir, hasta que papá me ha golpeado la espalda y el proyectil ha salido rodando por encima de la mesa, justo cuando evocaba la primera vez en que vi la nieve y el humo que desprendían los calcetines apestosos de un grupo de esquiadores cerca del fuego del refugio.

—¿Lo ves, Arnau? —ha dicho mamá—. Eres un exhibicionista, no sabes qué hacer para llamar la atención.

Pero en el comedor cada cual iba a lo suyo y poco les importaba si yo me ahogaba o no. Deglutían como podían sus respectivas balas de cañón. Había, eso sí, cierto clima de compañerismo, apuntalado sin duda por muchos encuentros en las instalaciones balnearias. De cuando en cuando, alguien hablaba de una mesa a otra y se intercambiaban cumplidos:

—¿Ya va mejor el reúma, Natalia? —he oído que preguntaba alguien no muy lejos de nosotros.

Y la tal Natalia ha respondido:

—Un poquito mejor. Veremos si expulso la piedra.

¡Oh, cómo me gusta este ambiente! He de pedirles a mis padres que volvamos cada año a Aguacalda. Y mientras, mis amigos que se fastidien en la playa, tras las francesas...

Aparte de Benjamín, las tres Gracias, el matrimonio joven del parapente, la familia Follón y la señora reumática, había otros huéspedes que aún no conocía: un matrimonio con dos hijos y un abuelo de aspecto académico; y una mujer y su hija, o quizá sobrina, las dos en bañador. Éste es el único especimen femenino de mi edad en quince kilómetros a la redonda y debe de estar tan aburrido como yo. No es precisamente la Venus de Capua, con su cabellera negra pegada a la cabeza como churretes de lluvia y de piernas delgadas como palillos, pero yo tampoco soy un Apolo, con mis gafas y la cara llena de cráteres. Sin duda, estamos condenados a encontrarnos en esta isla de aburrimiento y a experimentar juntos nuestras primeras escaramuzas amorosas, eso que llaman un amor de verano, corto y pasional. Pero dejaré que ella dé el primer paso.

Mientras me hacía estas reflexiones, ha aparecido el camarero con una sonrisa de oreja a oreja y nos ha comunicado que sí podía servirme una ensalada.

—Pero se cobra como un suplemento aparte, fuera del menú, quiero decir.

—Bien, pues tráigale la sopa y el lenguado y ya basta de monsergas —ha cortado mi padre mandando a freír espárragos su flema británica.

—¿Y no podría ser un bocata de jamón? —he pedido a la desesperada.

Se ve que no podía ser. Papá lo ha dejado clarísimo. Ha sido rotundo e inapelable, como una bala en medio de la frente. Entre bocado y bocado de lenguado, la señora Reumática y su marido han venido a hacernos una visita de cortesía.

—¿Es la primera vez que vienen? —nos ha preguntado, a pesar de que estaba claro que ella debía de saberlo porque, según su propia confesión, hace veintiséis años que acude al balneario y se está en él unos cuatro meses con su marido, Moisés, un anciano de rostro amargo y marchito.

—Tenemos unos amigos cerca de aquí y les debemos una visita, ha confraternizado mi padre. Bueno, de hecho, yo estoy un poco fastidiado del riñón —se ha justificado en seguida, como si quisiera disimular una deuda de juego.

—¿Una piedra?

—No, no, el caso es que...

—Yo tengo una como una pelota de pimpón. Y también tengo una *próstesis* en la cadera, por la *astrosis*. ¿Quieren que les cuente la operación?

—Y yo tengo granos en la cara, ¿quiere que me reviente uno? —he amenazado.

—Arnau, por el amor de Dios, no seas asqueroso —ha cortado mi madre—. Lo lamento, señora, no se ofenda, ya sabe cómo son los jóvenes.

La señora Natalia no sólo no se ha ofendido (ella sabe de sobras que todos los jóvenes somos unos delincuentes drogadictos), sino que nos ha contado de cabo a rabo la implantación de una prótesis en su pierna izquierda, y hasta nos ha explicado los líos de su cirujano con una enfermera de la segunda planta y los problemas de la calefacción del hospital. Lo digo de veras, he estado a punto de reventarme el grano. A su lado, la espía Mata-Hari habría parecido la encarnación de Santa María del Carmen.

—Pero en el balneario la temperatura es muy buena, ¿a que sí, Moisés? —seguía remoloneando la señora Natalia.

El aludido Moisés ha dicho sí y ha continuado sumergido en una especie de sopor cataléptico.

—La gente aquí es muy agradable, hay muy buen ambiente. ¿Quieren que les cuente qué hacemos para pasar el tiempo?

Por descontado que me interesaba un pepino saber en qué se entretenía la señora Natalia. Pero si tenía que soportar otro rollo, he pensado sacar como mínimo alguna información de provecho. Mi objetivo era la joven del bañador, pero no quería dejar pistas y he dado un rodeo.

—¿Usted conocerá a todo el mundo aquí, no?

—Sí, se puede decir que abro el balneario en junio y lo cierro en septiembre. Bueno, yo y mi Moisés.

Su Moisés no ha dicho ni mu. De hecho, si no fuese porque tenía los ojos abiertos, todos habríamos pensado que se había dormido. Y todavía tengo mis sospechas de que no fuese así. El buen hombre debe de tener una especie de radar que detecta cuándo se hace necesaria su intervención, cuándo se espera de él que corrobore una frase con un monosílabo inteligible.

—Y aquel hombre del bigote, aquél tan alto, ¿lo conoce usted? —he preguntado.

—¿Quién?

—El anciano de la chaqueta y la corbata.

—Sí, el señor Aníbal. Pero no es tan anciano, sólo tiene setenta y ocho años.

—Ah.

—La mujer que está sentada a su lado es su hija Elisenda. Creo que trabaja en una universidad. O es dentista, no lo sé a ciencia cierta. Sus nietos, Medea y Aquiles, también son muy listos.

—¿Y el yerno? —he preguntado interesándome por el hombre de aspecto triste sentado en un extremo de la mesa.

—Él sólo es electricista, Felipe creo que se llama, el pobre... Ay, pero el señor Aníbal es un hombre exquisito, un caballero, de los que ya no quedan. No me extraña que te hayas fijado en él.

—Contrasta tanto con la mujer del bañador y su hija... Estará muriéndose de calor con la corbata, ¿verdad?

Como era de esperar, la señora Natalia se ha tragado el anzuelo.

—Es que él es catedrático —ha aclarado, como si por el hecho de serlo encontrase justificado que se duchara vestido de etiqueta—. En cambio ellas, pobres, son divorciadas —ha añadido—. Se llaman Claudia y Carla, la madre y la hija. Es muy presuntuoso eso, ¿a que sí? Claudia y Carla. Son ganas de destacar, ¿no? Además, no se relacionan con nadie y no quieren hablar de su divorcio. Me tuve que enterar por teléfono.

Mis padres han puesto tal cara de asombro que la anciana ha creído conveniente dar alguna explicación. Pero no quizá la que ellos esperaban.

—La niña acabará mal —ha añadido—. Es carne de psiquiatra, o peor aún, acabará tomando drogas si es que no lo hace ya.

—¿Y cómo sabe usted eso?

—Le he visto encender un cigarrillo.

—No, quiero decir lo del divorcio.

—Ya lo he dicho, por teléfono.

—¿Se lo ha pinchado?

—¿Qué?

—¡No seas impertinente, Arnau!

La señora Natalia no se ha sentido aludida, o ha hecho como si no. Ha cogido a su Moisés del brazo, como quien coge un bolso, y nos ha dicho adiós muy sonriente.

—Por suerte yo sólo me llamo María —ha comentado mi madre al quedarnos solos.

* * *

Al terminar de comer he abierto el libro de Ciencias, dispuesto a cumplir con las dos horas de estudio de mi programa. He mirado por encima los primeros temas sobre el universo y me han dado mareos. Resulta que la Tierra es un pequeño planeta del Sistema Solar, y que éste no es sino un grupito de planetas en un rincón de la Vía Láctea, una galaxia perdida entre millones de galaxias. Ahora entiendo por qué Dios se despreocupa de mi acné. ¿Qué son, al fin y al cabo, mis minúsculos granitos perdidos en la inmensidad del universo?

Ni que decir tiene que vivía más feliz cuando era un ignorante. En resumidas cuentas, mis deducciones me han deprimido y, al cabo de media hora, he bajado a beber al bar, como un gángster de tres al cuarto.

—Una Coca-Cola, por favor —he pedido—. Sin hielo.

—Has tenido un mal día, ¿eh?

Benjamín, el viejo que había conocido en el edificio de terapia termal se ha apoyado cerca de mí, de espaldas a la barra. Miraba de vez en cuando al fondo de la cafetería, donde las tres Gracias jugaban a las cartas.

—¿Sabía usted que la velocidad de desplazamiento de la nebulosa de Andrómeda es de 296 km por segundo? —le he soltado.

—Eso es una barbaridad, ¿no?

—Sí, no somos nada, una partícula de polvo perdida en la inmensidad del universo.

—Muy alegre no eres, la verdad.

—¿Y cómo quiere que esté? Mientras mis amigos se enrollan con un montón de francesas, yo estoy aquí, perdido en un balneario para la tercera edad.

—El mejor lugar de la galaxia no es, en eso tienes razón.

—No quería ofenderle, lo siento.

—¿Por qué?

—Es que estoy enfadado con mis padres.

—No, si tienes razón.

—¿Cómo?, ¿no le gusta esto?

—¿Qué quieres que te diga? A mí también me gustaría estar con tus amigos e ir tras las francesas.

—¿Y qué hace aquí?

—Lo mismo que tú, supongo.

—Es decir, ¿por qué no se va?

—Y tú, ¿por qué no te vas?

—Yo aún soy un menor, dependo de mis padres. Además, no tengo ni un duro.

—Salvo que soy un poco mayor que tú, estamos en la misma situación. Mi hija y mi yerno me aparcan aquí cuando llegan las vacaciones y me dejan lo justo para sobrevivir. Eso sí, me pagan todas las facturas que dejo pendientes.

—Pero eso no está bien, ¿no?

Benjamín disfrutaba con mi desconcierto.

—Por la cuenta que me trae, yo ya procuro que la factura sea elevada. Lo hacen por mí, no te creas

—ha cambiado de tono—. Dicen que me van bien las aguas, que vuelvo rejuvenecido.

—¿De verdad son efectivos los baños?

—Hombre, daño no creo que hagan. Pero yo tengo mi jarabe especial, ¿sabes?

El viejo me ha guiñado un ojo y ha hecho tintinear los cubitos en el interior de su copa.

—¿Qué es eso?

Benjamín ha desviado la atención y me ha señalado al trío de ancianas.

—¿Quieres que nos acerquemos? No son francesas, pero...

A falta de un plan mejor, me he dejado arrastrar hacia la mesa donde las alegres longevas de Aguacalda jugaban a las cartas. Ni hecho adrede, las tres Gracias se llaman Begonia, Camelia y Hortensia.

—Como un jardín viviente —ha sonreído Benjamín, y me ha presentado seguidamente como su compañero Arnau.

—¿Queréis jugar? —ha ofrecido Hortensia—. No hacemos apuestas muy fuertes.

—Lo siento, estoy pelado —he dicho yo.

—Oh, nosotras no jugamos con dinero —ha declarado alegre Camelia.

—Utilizamos las pastillas. Las Norvax, de color rojo, y las Colchimat, triangulares, valen un punto; las Angium, de color blanco, tres, y las Speciatensol, azules, cinco.

—Yo tengo una caja de Tranquimazín y aspirinas AAS —ha comentado Benjamín—. No sé si...

—¿De qué color son? —se ha interesado Begonia.

—Blancas.

—Pues tres puntos, como las Angium. ¿Y tú qué tienes, Arnau?

—Bueno, yo tengo unos supositorios contra el estreñimiento y la crema para los granos, pero están en la habitación.

—Nos apañaremos con lo que tenemos, tranquilo —ha dicho Hortensia.

Nos hemos repartido cada uno seis Norvax, dos Angium, cuatro Tranquimazín, ocho Colchimat, cinco AAS y tres Speciatensol, sesenta y dos puntos en total, y hemos jugado a la brisca más de dos horas seguidas, durante las cuales Benjamín no ha dejado de tomar su jarabe especial y las tres flores no han parado de reír. Al terminar, los viejos se han repartido las píldoras manoseadas y Benjamín se ha empeñado en bailar con Camelia, mientras Hortensia, Begonia y yo mismo (¿quién lo diría?) aplaudíamos y canturreábamos como podíamos un *sirtaki.* Hemos montado un pequeño escándalo y, poco a poco, la cafetería se ha ido llenando de curiosos que han expresado su repulsa de la forma más diversa. El señor Aníbal, por ejemplo, desde la altura moral que infundía su corbata, ha opinado que ciertos comportamientos no son apropiados a cierta edad. Y la señora Natalia ha comentado que Benjamín era un exhibicionista, un gigoló de taberna. La exhibición ha terminado con el pobre Benjamín por el suelo y Camelia encima de él riendo como una gallina clueca.

Unos minutos más tarde, he acompañado al viejo a su habitación y le he dejado caer sobre la cama. Aún se emperraba en enseñarme a bailar el *sirtaki* pero, por suerte, no ha tardado ni diez segundos en quedarse dormido. Su medicina especial le hará efecto durante quince horas, como mínimo.

* * *

Las tres Gracias debían de estar lo bastante humilladas para no presentarse a cenar y he tenido que aguantar yo solo las miradas y los murmullos de los comensales. Mis progenitores, desaparecidos durante la escena de la cafetería, no entendían nada.

—¿Por qué me miran así? —ha dicho, susceptible, papá.

He dejado que continuara pensando que era él el objeto de atención. Por si acaso, me he zampado sin chistar los fideos y la suela de ternera. Sólo he sido incapaz de tomarme la pasta viscosa que la hiena ha denominado, pomposamente, helado de vainilla. Me sentía inquieto, aunque no por el incidente de la tarde, que no me avergonzaba lo más mínimo y que, al fin y al cabo, había roto la monotonía del balneario, sino por la ausencia de Carla y de su madre. Le había dado cinco horas, tiempo suficiente para que se diera cuenta de mi presencia, se enamorase y me escribiese un soneto con rima consonante, y en lugar de eso desaparecía. Muy desesperada no la veía, la verdad. ¡También sería mala pata que hubiesen abandonado el balneario el mismo día que yo llegaba!

Me he inventado una buena excusa y he salido corriendo del comedor sin probar el postre, dispuesto a averiguar el paradero de mi amada desconocida, que he descubierto exactamente siete segundos más tarde, al dar la vuelta a una esquina del hotel y tropezar con ella y su madre. De resultas del trompazo, la madre y mis gafas han caído al suelo.

—¿Por qué no miras por dónde vas, idiota? —me ha increpado la hija.

—No pasa nada, Carla.

—Lo... lo lamento, es que tengo prisa, llego tarde a..., a la sesión de fangoterapia —he improvisado palpando a ciegas el suelo.

—Aquí tienes tus gafas, idiota.

—Ah, gracias. Me llamo Arnau. Arnau Sepúlveda.

Y sin dedicarme ni un segundo más de los que dedicarían a una mosca aplastada, madre e hija se han ido en dirección al comedor. Me he quedado, obviamente, con un palmo de narices. ¿Qué pensará Carla después de nuestro trompazo fortuito?

He paseado arriba y abajo nervioso durante diez minutos y he llegado a una conclusión: Carla tiene razón, soy idiota, un idiota con mala suerte, de acuerdo, pero un idiota al fin y al cabo. No hay otro chico de su edad en todo el balneario y por fuerza tiene que haberse fijado en mí. El contacto ya está hecho, pues. Ahora, lo más sensato habría sido desaparecer y aprovechar otra ocasión para abordarla con la excusa de disculparme, pero alguna extraña razón que tiene mucho que ver con mi desazón me ha impulsado de nuevo hacia el comedor en busca de mi destino. Mi destino desafortunado me ha detenido exactamente doce metros antes de llegar a la puerta, en la misma esquina donde había tropezado antes y con las mismas protagonistas, pero ahora en sentido contrario. Por suerte, ni la madre de Carla ni mis gafas han caído esta vez, sólo mi amor propio, que no me he molestado en recoger.

—¿Pero tú eres idiota o qué te pasa? —ha exclamado Carla.

—Es que... han cerrado. No hay sesiones de fangoterapia nocturnas. Lo siento.

Madre e hija me han mirado de hito en hito y se han echado a reír a carcajadas. Habría querido morirme allí mismo, lo digo en serio, volatilizarme, fundirme, pero he aguantado estoicamente sin mover una ceja y con una sonrisa hipócrita en la boca hasta que se han ido.

El Arnau Sepúlveda que finalmente ha entrado en el comedor, tengo que confesarlo, abatido y deprimido como un garbanzo en remojo, no valía ni un comino.

—No decías que tenías que estudiar tanto y tanto —ha ironizado mi padre—. ¿Ya te has cansado?

—Se me había olvidado el postre —he respondido con un deje de amargura mientras intentaba tragarme, quién sabe si como una penitencia, la pasta viscosa de vainilla.

2. *Confidencias*

Naturalmente parece muy fácil cuando los ves en la televisión haciendo tablas de gimnasia con cara de satisfacción y doblándose como una vara de caucho, pero yo ya he tenido más que suficiente con tres abdominales para que me diera un calambre en la barriga. Tal como estaban las cosas, he dejado la ducha fría y la excursión a la montaña de mi programa para mejor ocasión y, hacia el mediodía, he bajado a la piscina a tomar el sol. Puñetas, ni rastro de Carla ni de su madre. ¿Dónde se meten?

Hortensia, Begonia y Camelia se escondían en un rincón y me han hecho señas para que me acercara. Estaban preocupadas porque Benjamín no había ido a desayunar. A fin de cuentas, eso no es demasiado extraño. Yo mismo no había reunido fuerzas suficientes para acudir al comedor a tragarme los preparados de la hiena. Pero las ancianas temían que le hubiese sucedido algo, y no me he visto con ánimos de contradecirlas.

Antes de pasar por su habitación, me he acercado al edificio de terapia termal, no fuese que el anciano hubiese decidido tomar una ducha filiforme para espabilarse. En realidad, no creo que Benjamín fuese capaz de hacer tal salvajada (anoche leí en la guía de Aguacalda que se trata de una ducha de hilos de agua milimétricos a presión), pero supongo que, en el fondo, tenía la esperanza de encontrar a Carla. Carla de nuevo. Me joroba que lo que tenía que ser un simple rollete estival se haya convertido en una obsesión. No sé por qué me preocupo tanto. Después de todo, la señora Hortensia es bastante más atractiva con su bañador estampado de florecitas que ese palo de escoba de Carla, y me hace mucho más caso, por descontado.

* * *

Salvo un dolor de cabeza como un transatlántico, Benjamín se encontraba bastante bien. Acababa de levantarse y solamente vestía una camiseta y unos calzoncillos.

—No tendría que haber bebido tanto —me ha confesado—, pero ¿qué quieres? Me animé...

—Las tres Gracias me han preguntado por usted.

—¿Quién?

—Hortensia, Camelia y Begonia, quiero decir.

—Ah, muy apropiado. Son simpáticas, ¿a que sí?

—Sí.

—Acércame el estuche verde, ¿quieres?

Benjamín ha sacado una navaja de barbero del interior del estuche y me ha indicado con un gesto que me sentara. Después ha llenado una brocha de jabón y se ha embadurnado la cara. Mientras se afeitaba, no ha dejado de cantar fragmentos sacados de una ópera, de Verdi, ha dicho, *Rigoletto*. Por la forma en que sonaba no cuesta en absoluto imaginarse que el tal Verdi estaría revolviéndose en su tumba. En su defensa se puede aducir que pone sentimiento cuando canta, probablemente el mismo que ponen los osos polares en la época de celo. La canción, además, era pegadiza y así nos hemos presentado en el comedor gritando a dúo el *Vendetta* del tal *Rigoletto.*

Hay un refrán insensato que dice que la música amansa a las fieras, mas no seré yo quien se ponga delante de un león hambriento para comprobarlo. De lo que sí puedo dar fe es de que la hiena detesta la música, al menos la hiena del balneario de Aguacalda, que ignoro qué parentesco tendrá con la hiena africana. No sólo nos ha prohibido cantar alegando que molestábamos a los huéspedes, sino que no nos ha dado ni medio vaso de leche para desayunar porque ya pasaban cinco minutos de la una.

Ahora bien, no es nada fácil desanimar a Benjamín. Este tropiezo le ha hecho cantar con más energía el *«Vendetta, tremenda vendetta»* de camino al bar, donde hemos desayunado tres zumos de naranja, tostadas, unos tacos de jamón y queso de cabra.

—Cárguelo en la cuenta del señor Llorente —ha dicho el viejo al camarero—. Hoy nos invitará mi yerno, Arnau. ¿Quieres que tomemos ahora un baño de hidromasaje?

Creo que he puesto cara de tímido.

—No sufras —me ha animado Benjamín—, mi yerno es el comisario superior de no sé qué brigada de la policía y gana mucha pasta. Cuanto más elevada sea la factura al final del verano, menos mala conciencia sentirá por haberme dejado completamente solo.

—Bueno, si es por una buena acción... Hay algo que sí me gustaría hacer...

He empezado, pues, el tratamiento de fangoterapia subvencionado por el comisario Llorente, como ha ironizado el viejo, y bajo la estrecha vigilancia del empleado de brazos enormes como ramas de secuoya. Con la cara embadurnada de arcilla parecíamos dos monigotes de Carnaval. Y quizá por la protección que me ofrecía esta máscara, se me ha soltado la lengua. Necesitaba contarle a alguien la ansiedad que me había encendido Carla, con la que todavía no había podido entablar una conversación como Dios manda, y Benjamín, no sé muy bien por qué razón, estimula mi confianza.

—A lo mejor es mi destino, supongo, enamorarme de un imposible —le he confesado.

—¿Pero qué destino ni qué ocho cuartos? Te lo tomas un poco a la tremenda, ¿no? ¿Has hablado con ella?

—Bueno, me ha llamado idiota.

—¿Idiota?

—Tres veces.

—Ah, eso es buena señal.

—Sí, claro, supongo que ya la tengo en el bote —le he cortado.

Si la próxima vez que nos encontremos me llama imbécil, significará que quiere pasar a mi lado el resto de nuestra vida.

Por toda respuesta Benjamín se ha puesto a cantar de nuevo:

La donna è mobile
qual piuma al vento,
muta d'accento
e di pensiero.

—Perdone, no quería molestarle con mis problemillas —he dicho suspicaz—. Me voy.

—¡Espera! ¿Qué mosca te ha picado ahora? Sólo quería darte un consejo.

—¿Un consejo? A mí me parece que me está tomando el pelo.

—Es una canción de *Rigoletto*. Significa que la mujer cambia de pensamiento tan rápido como el viento. Por lo tanto, no tienes que preocuparte porque Carla te considere un idiota.

—Ah, ¿eso quiere decir que la próxima vez que nos veamos se me echará encima?

—Hombre, no creo que la fangoterapia sea tan efectiva. Has de hablar con ella, interesarte por lo que hace, mostrarle tu afecto. Lo más importante es que ella ya se ha fijado en ti.

—Sí, eso es lo que yo pienso —me he animado.

—Ahora bien, cuando te conozca mejor...

—¿Qué?

—Mira, no quiero engañarte, también cabe la posibilidad de que continúe pensando que eres idiota. Algunas mujeres son de ideas fijas, pero ése es el juego, ¿no?

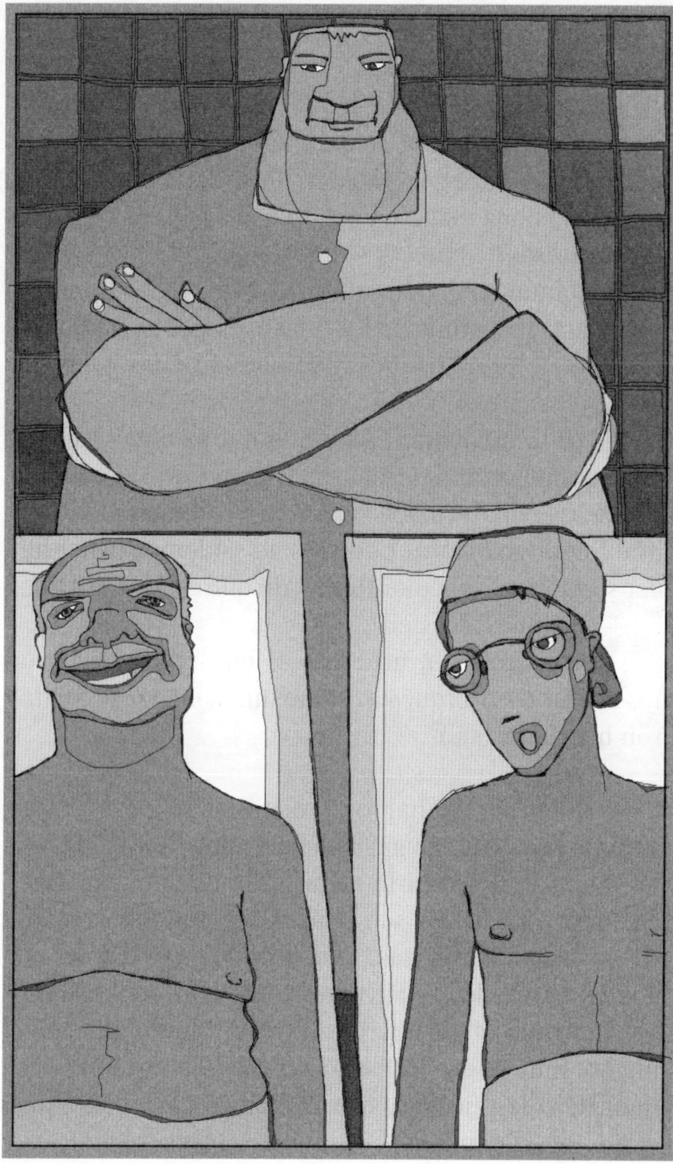

—Entonces prefiero no jugar. No quiero hacer el ridículo.

—Ah, ya, tú eres de ésos... Pues quédate al margen, espera sesenta o setenta años más y después te mueres sin haber saboreado la vida. Pensaba que te dabas buena mano en estas cosas. ¿Qué ha sido de las francesas?

Benjamín me ha mirado fijamente, y yo he enrojecido hasta la médula de los huesos el tiempo suficiente para que se diera cuenta de que lo de las galas era un *bluf*.

—No te preocupes, Arnau —me ha consolado—. Es un comportamiento normal, como las danzas que hacen los pájaros machos para impresionar a su hembra. Supongo que los hombres no podemos evitar hacer siempre el ridículo. Recuerdo que en la orquesta...

—¿Es músico usted?

—¿Músico? No, no... Era el encargado de llevar los baúles de la orquesta, como quien dice. Me jubilaron hace unos años.

—¡Ah!

—Siempre estábamos presumiendo de nuestras conquistas. A mí me gustaba la violinista solista, pero no me atrevía a decirle nada. ¡La veía tan diferente! De otro mundo, no sé si sabes lo que quiero decir. Ellos eran los artistas, y nosotros... Un día se me acercó y me dijo: «Benjamín, me han contado que vas diciendo que estoy loca por ti». Yo me quedé de piedra, muerto de vergüenza, ¿sabes?, porque era verdad. Pero le dije «no, eso son chismes», y va y me contesta: «De todos modos, quiero que sepas que eso no es cierto, no estoy loca por ti, simplemente me gustas y nada más». No reaccioné en tres días, ¿sabes?, y de nuevo fue ella quien se dirigió a mí para invitarme al cine. Las mujeres son más directas, ¿me entiendes?, no van con tantas puñetas.

—Es una fábula muy instructiva, pero me da la impresión de que ése no es mi caso, no creo que Carla quiera invitarme ni a palomitas.

—Pues lo tienes negro, amigo —ha sonreído Benjamín.

Después el viejo, sutilmente, ha cambiado de tema y me ha estado contando sus aventuras en la orquesta, las giras por medio mundo. Los ojos le brillaban cuando hablaba de alguna actuación estelar y, con su voz estropeada, cantaba emocionado fragmentos de óperas o tarareaba alguna música. Ilustraba sus recuerdos con tal abundancia de gestos y gallos que la empleada de los baños, Pediluvio, se ha muerto de risa, lo que ha excitado más a Benjamín. Mi sentido del ridículo, siempre tan sensible, ha explotado, así que me he valido de un fragmento de «El verano» de *Las cuatro estaciones* de Vivaldi, en el que los violines se desahogan como caballos desbocados, para interrumpirle.

—Y la violinista solista, ¿qué fue de ella? ¿Se casó con ella?

—No, se fue con un director austríaco que había invitado a nuestra orquesta.

—Ah, lo lamento.

—Yo no. Gracias a eso conocí a la segunda violinista, que tocaba mucho mejor, por cierto. Tendrías que haberla escuchado —ha evocado Benjamín un poco melancólico—. Tocaba con el corazón.

—¿No utilizaba los dedos? —le he interrumpido, y en seguida me he mordido los labios arrepentido de haber hecho una broma tan estúpida.

Pero Benjamín ha sonreído y ha dejado entrever una sombra en sus ojos grisáceos fijos en el vacío.

—Sí, tienes razón, hay músicos que tocan con los dedos, y hay otros que son perfectos, como mi hija. Pero los que se atreven a tocar con el corazón son sublimes.

—¿También se dedica a la música su hija?

—Sí, y también era violinista de la orquesta, pero conoció a un policía más sordo que una tapia, el comisario Llorente, y abandonó su carrera. En el fondo me alegro; eso de la música no era para ella. Debe de ser muy aburrido tocar sin pasión, sólo por un sueldo.

En mitad de la confidencia, Jaime, el marido de la joven que se había dedicado al parapente en su ausencia, ha asomado la cabeza por la sala de fangoterapia. Ha echado una ojeada por todas partes y, al descubrirme, me ha dirigido una mirada homicida. Seguro que la señora Natalia ya le ha contado que no soy francés, he deducido. Por si acaso, no le he dicho *bonjour* y le he pedido al empleado de brazos enormes como ramas de secuoya que me aplicara otra dosis de fango. A Jaime le veía nervioso, como si tuviese el coche mal aparcado y se tuviera que marchar pitando, lo que ha hecho al cabo de pocos segundos.

—Otro que va desesperado tras una mujer —he dicho.

—Sí, tenía cara de haber tragado quina —ha comentado Benjamín, sarcástico.

* * *

El desayuno con Benjamín me ha dejado lo bastante satisfecho como para saltarme los canelones a la Borgoña, que se parecían, sorprendentemente, a tuberías atascadas. He aprovechado para estudiar Ciencias Naturales y me he sentado en el jardín, delante de la puerta del balneario, bajo un tilo pelado que dejaba pasar el calor del sol. Mi fama académica es tal que mis padres no se lo acaban de creer. En realidad, la estrategia era provocar el desconcierto de Carla al no aparecer por el comedor, hacerme el misterioso, crear un enigma a mi alrededor, y algo tenía que hacer entre tanto. Nada mejor que poner al día mis conocimientos sobre el mundo de los seres vivos y las funciones reproductoras del hombre, capítulo cuarto, tema quince. Es cierto que tendría que ser más metódico y que me he saltado de golpe toda la geología, después de leer el primer fragmento, pero ¿a quién le importa que los volcanes de tipo hawaiano expulsen una lava muy fluida que sube muy poco a poco sin formar explosiones hasta desbordar el cráter? A mí, por ahora, los únicos cráteres que me interesan están situados en mi cara, no en Honolulu. Por otra parte, es improbable que mi padre y yo tengamos una conversación de hombre a hombre en los próximos diez años, y yo no puedo estar en blanco en temas tan decisivos. ¡Quién sabe cómo puede acabar lo de Carla!

Mal empezamos. Resulta que la parte principal del

aparato reproductor del hombre la forman los llamados gametangios, o también gónadas, que son los encargados de producir los gametos. Francamente, son ganas de complicarse, así no aprobaré en la vida. Veamos, aquí dice que los gametos son las células reproductoras, y que hay dos clases de gónadas, las encargadas de producir los microgametos o espermatozoides, que se llaman testículos, y las que se encargan de formar macrogametos u óvulos, es decir, los ovarios. La existencia de una u otra determina el sexo; los hombres tenemos testículos; y las mujeres, ovarios. Ah, y por si fuera poco, el aparato reproductor tiene más órganos accesorios, conductos, glándulas y otras historias.

Tanto da que estudie los componentes de la Vía Láctea como cualquier otro tema, siempre me entra esta sensación de desconcierto y de vértigo cuando me acerco al mundo científico. Ahora me entero, por ejemplo, de que tengo dos gametangios y que posiblemente, por la edad, he empezado a fabricar gametos como un descosido. ¡Oh, Dios mío, cualquier día puedo tener una polución nocturna y aún no estoy preparado!

—*Primum vivere, deinde philosophari* —ha sentenciado alguien a mi espalda.

Estaba tan absorto con la gametogénesis que no había visto cómo se me aproximaba el señor Aníbal, el catedrático de la corbata perenne.

—¿Qué? —le he contestado, en un tono entre sorprendido y bobo que le debe de haber sonado vulgar.

—Eso significa más o menos que no es bueno estudiar sin comer —ha replicado él, afectado—. ¿Todavía no sabes latín?

—No.

—¿No? —se ha extrañado.

—«No» significa más o menos que no, que no tengo ni idea, vamos. ¿No sabe español usted?

El señor Aníbal me ha mirado desde la cima de su inmensa altura y puedo dar fe que, desde esta altura, su mirada provoca aún más vértigo que comprender la inmensidad de las galaxias. Nuestra conversación ha tomado, desde esta perspectiva, un cariz absurdo.

—¿Qué eres tú, un inadaptado? —me ha acusado con un tono de menosprecio.

—¿Y usted qué es, un catedrático? —he replicado yo, poniendo énfasis en cada sílaba.

—Ah, ya veo que te han quedado las Ciencias.

—No, estudio por placer, de mayor quiero ser vulcanólogo.

—¿Vulcanólogo? Mi nieta, Medea, ya sabe hacer raíces cuadradas; sólo tiene siete años.

—Le felicito. ¿Sabía usted que los volcanes del tipo hawaiano expulsan una lava muy fluida que sube muy lentamente sin formar explosiones...? —le he mirado desafiante.

—Sí, hasta desbordar el cráter —ha completado socarrón—. No llegarás muy lejos sin saber latín —ha rematado finalmente, y se ha sentado con aire áspero y soberbio en otro banco.

Si me pinchan en aquel momento, me sacan lava de las venas, no sé si fluida o viscosa, hawaiana o *stromboliana,* pero lava al fin y al cabo. Estaba que echaba fuego por los ojos, nunca mejor dicho. El señor Aníbal se ha reído de mí, y mi estúpido orgullo me ha jugado otra mala pasada. He cerrado el libro con rabia y me he alejado tanto como he podido del anciano sabelotodo, justo en el instante en que Carla y su madre bajaban por el sendero que da acceso al mirador de la Peña, vestidas de excursionistas. Así pues, me han pillado en la puerta del balneario, como si viniese del comedor, y mi estrategia para hacerme el interesante con Carla se ha ido al infierno.

La combustión interna que quemaba mi cabeza ha debido de afectar algún punto neurálgico del cerebro. De otra forma no se explica el comentario.

—En realidad no vengo del comedor —les he dicho—, he estado estudiando vulcanología.

Madre e hija me han mirado mitad divertidas, mitad asustadas, y se han ido con la impresión diáfana de que yo había perdido un tornillo. Ahora Carla estará hablando con su madre de lo misterioso, enigmático e idiota que soy. Un éxito.

Perdido por perdido, he entrado en el comedor, donde sólo estaba la familia Follón discutiendo, y he preguntado al camarero si todavía podía comer una de tuberías atascadas. Me ha entendido perfectamente y, al cabo de un minuto, la misma hiena en persona, con una mueca despectiva, me ha servido los canelones a la *Bourgogne.* Buenos, muy buenos.

* * *

Me he pasado toda la tarde durmiendo. Estoy decidido a averiguar de una vez por todas dónde demonios se esconden Carla y su madre y qué hacen durante todo el día. Mi intención es plantarme como un pasmarote en el jardín, escondido igual que un depredador al acecho, y descubrir adónde van. Estoy harto de tropezarme con ellas por todas partes y que me tomen por una atracción de feria. Espiarlas, a fin de cuentas, es una manera bastante inocua de interesarme por lo que hacen. Solamente es preciso esperar a que anochezca; las horas que he dormido por la tarde me permitirán aguantar toda la noche en blanco.

* * *

Bienaventurado aquel que, ante una cima imposible, descubre una vía ignota que todavía le permite un camino de esperanza. Y desgraciado aquel que, después de haber afrontado el destino que le deparaba el nuevo camino, se encuentra con la señora Natalia en la puerta de los aseos. Más le valdría cortar la cuerda que lo sustenta y lanzarse al vacío sin paracaídas. No encuentro una metáfora más adecuada que represente mejor mis diferentes estados de ánimo antes y después del encuentro con la Mata-Hari de Aguacalda.

Así, arrinconado sin escapatoria entre la señora Natalia y su Moisés, encarnación pérfida del vampiro Nosferatu, he tenido que escuchar su rollo.

—¿Te lo pasas bien aquí? —me ha preguntado.

—Bueno, estoy contento...

—Siempre es bueno hacer nuevas amistades, ¿verdad?

—Supongo...

—Hemos pasado la tarde con Adela, mi Moisés y yo... Adela, la conoces, ¿no?

—¿Adela? No...

—Es encantadora, y tan auténtica con sus aires de campesina, pero una buena mujer, eso sí. Es una pena que no se lave con frecuencia, ¿verdad? No quiero decir que huela mal, líbreme Dios, ella es muy buena, y ya tiene bastante con su familia. Has tenido que verlos en el comedor, siempre discutiendo...

—Sí, sí... —he susurrado, con la boca pequeña y sonriendo, suponiendo que estaba despellejando a la familia Follón.

—El hijo es un pobre hombre, un calzonazos, Antonio, un tendero venido a menos. La mujer, Juana, es la que lleva los pantalones en aquella casa, no sé si te has fijado. Pero no es porque lo diga yo, es que me lo ha confesado Adela. ¡Ay, Adela es tan desgraciada! Tiene tres nietos, pobre, que la enterrarán en cuatro días. Los conoces, ¿no? Aurelio es un zoquete y Rut es tan fanfarrona y basta, ¿verdad? Y menudo salvaje que está hecho el pequeño, Juanillo, que es de lo que no hay, siempre haciendo de las suyas.

—Por lo que dice, sí que deben de ser simpáticos.

—Una delicia. Y eso que a mí todos me caéis bien, sobre todo los chicos bien plantados como tú —ha dicho la señora Natalia pellizcándome la mejilla con sus dedos fríos y sedientos de sangre—. En Aguacalda somos como una gran familia, ¿no?

—Pues no sé.

—¿Y tus padres? ¿Dónde se meten que no los veo? Tienen problemas, ¿verdad?

—Sólo mi padre, del riñón —me he hecho el tonto.

—No, quiero decir problemas de los otros.

—Ah, ¿sexuales?

La señora Natalia ha abierto unos ojos como platos.

—¿Sííí? Y no lo parecía, ¿verdad, Moisés?

Moisés ha hecho un sonido gutural que bien se podría interpretar como un sí, pero también como un no. Si la señora fisgona quería carnaza, estaba dispuesto a dársela, un buey entero incluso.

—Bueno —he empezado—, es que él le pega.

—¿A tu madre?

—A ella y a la botella. Está todo el día borracho.

—¡Ay, pobre!

—Pero ella en realidad no es mi madre, es la vecina del tercero.

—Pero y tu madre, ¿qué dice de esto?

—No sabe nada...

—¿Qué me dices?

—No sabe nada porque se marchó cuando yo tenía dos años con un capitán de la marina mercante.

—¡Oh! Ahora lo entiendo: tu padre está desesperado.

—Lo ignoramos, porque el señor que cuida de mí no es, de hecho, mi verdadero padre. Éste desapareció antes de nacer yo, y mi madre se lió con el vecino del cuarto, antes de irse con el marino.

—Espera, espera, que me estoy perdiendo. Y tus abuelos, ¿tampoco saben nada de esto?

—Me abandonaron cuando me salieron los granos. Decían que yo era muy feo.

—¡Pero eso es terrible!

—No, porque así dejaron de pegarme.

—¡Oh!

Me ha parecido que la señora Natalia ya tenía más que suficiente y que estaba impaciente por propagar entre el resto de los huéspedes los chismes sobre mi familia. Creo que se lo he dado todo bien masticado para que no tenga que inventarse nada más. En estos momentos la noticia ya habrá corrido como la pólvora.

* * *

Camelia, una de las tres Gracias, me ha buscado a espaldas de sus amigas y ha querido invitarme a una Coca-Cola en la cafetería. Se la veía angustiada, como un pez fuera del agua, y todo el rato miraba por encima del hombro, como si temiera que nos viese alguien. Daba la impresión, por su actitud misteriosa e inquieta al mismo tiempo, que me quería confesar algo importante, pero sus comentarios la desmentían continuamente. A la quinta alusión que ha hecho al buen tiempo y al fresquito de la noche, he empezado a ponerme nervioso yo también. «¿Qué te apuestas a que se ha enamorado de mí?», he llegado a pensar, yo siempre tan propenso al tremendismo. Mi cerebro se ha disparado inventando excusas: la edad que nos separa, que no estoy preparado para afrontar un paso tan importante porque aún no entiendo ni la gametogénesis ni otras monsergas de este tipo. Y cuando solamente le quedaba por destrozarse las uñas de los dedos pulgar y anular, he decidido afrontar la situación.

—Supongo, Camelia, que no me has llamado sólo para invitarme. ¿Qué quieres?

—Sí, tienes razón, te estoy entreteniendo.

—No, no, de veras...

—Es que... No podía hablar con Hortensia y Begonia de esto, ¿me comprendes?

—Sí, sí... Bueno, en realidad, no.

—Ya.

—Bien, tú dirás... —he dicho entre dientes, y he notado que enrojecía hasta el cuello de la camisa.

Camelia se ha puesto más o menos del mismo color: entre un rojo, un morado y un blanco como la leche.

—Creo que me he enamorado —ha confesado al fin—, pero no sé si de la persona adecuada, ¿me comprendes?

Se me ha parado el corazón un par de segundos, seguro, aunque tampoco podría afirmarlo porque también tenía el cerebro debilitado y la información que le llegaba era fragmentaria y ridícula.

—Pero Camelia..., Camelia..., Camelia... —he conseguido decir con toda la delicadeza de la que soy capaz—, tienes que pensar en..., en la gametogénesis, ¿sabes a qué me refiero?

—¿Qué?

—La edad es importante, más de lo que crees.

—¿Qué significa eso, que soy demasiado vieja para tener sentimientos?

—No, no, Dios me libre, pero has de tener en cuenta la diferencia de edad.

—Eso es ridículo.

—En una sociedad como la nuestra, no, créeme. Serías el hazmerreír de todo el mundo.

—Pero si sólo me saca cinco años.

—¿Qué?

—Benjamín. Bueno, seis años, pero da igual.

De pronto me he sentido aliviado y, mal que me pese, he de confesar que también me he sentido celoso. Sin proponérselo y sólo con un *sirtaki* mal bailado, Benjamín ha conseguido deslumbrar a Camelia, y yo, en cambio, a pesar de todos mis esfuerzos, únicamente he conseguido que Carla me insulte tres veces.

Camelia ha continuado hablando mientras yo me perdía en mis propios pensamientos. Sólo la inflexión de una pregunta directa me ha hecho, finalmente, aterrizar.

—¿Así que lo harás?

—¿Qué?

—No me escuchas, Arnau. Te estoy molestando, ¿no es eso?

—No, no, lo que sucede es que no sé qué quieres que haga exactamente... —he dicho para ganar tiempo.

—Coméntale alguna cosa, tú eres su amigo.

—¿Y por qué no se lo dices tú directamente?

—No me siento con fuerzas. Pero tú no lo entiendes, claro, eres demasiado joven.

Naturalmente que la entendía. Precisamente, eso era lo que me pasaba a mí. Le he dicho que tranquila, que a la primera ocasión hablaría con Benjamín, y he apurado la Coca-Cola de un trago, dispuesto a convertirme en el paladín de Camelia.

* * *

No me ha costado mucho convencer a mis padres para pasar la noche al sereno. Quizá no es moralmente irreprochable, pero he utilizado el argumento infalible del estudio.

—Me vendría bien para conocer las estrellas... —he dicho con la boca pequeña.

Papá me ha sorprendido a media declaración.

—Habíamos pensado en hacer una visita a Ismael Quilis, de un par de días.

—Pero, papá, yo no puedo perder dos días de estudio ahora. He de preparar los exámenes, y quién sabe si la nebulosa de Andrómeda continuará en su sitio cuando regresemos.

—No digas tonterías —me ha interrumpido mi madre—. No puedes quedarte solo.

—¿Por qué? Aguacalda es el paraíso de la tranquilidad, ¿recordáis? No hay motos, ni drogadictos, ni gángsteres, ni canales de cine porno en la tele. ¿Qué queréis que me pase? Lo máximo que puedo coger es un ataque de salud. Venga, estaré muy bien, no sufráis.

—De acuerdo, haz lo que quieras, Arnau, ya eres mayorcito —ha concedido finalmente papá.

Me esperaba una oposición más dura, la verdad. Estaba sorprendido e indignado por este relajamiento de las funciones paternas. Menos mal que mi madre, más cauta, me ha aconsejado coger una manta si pensaba dormir al raso. Después de todo, una madre es una madre, siempre tan sufridoras..., tan prudentes... Estaba a punto de darle una medalla al mérito matriarcal cuando ha añadido que les avisara si pensaba pasar más noches al sereno, porque quizá nos lo podrían descontar de la factura. En fin, puntos suspensivos, mi vida familiar hace aguas por todas partes.

Al oscurecer, he cogido la manta, el libro de Ciencias y dos Coca-Colas y me he instalado en el parterre delante del balneario, dispuesto a pillar a Carla.

La noche ha empezado con los acordes lógicos de una secuencia de terror: el aire hacía crepitar las ramas desnudas de los tilos y los zarzales. Poco después, un ratón ha empezado a rondar a pocos metros de mí bajo el tenue resplandor de la Luna y un mochuelo se le ha echado encima con una pericia que ya querría para sí el conde Drácula. En pocos segundos, he aprendido más de la lucha por la supervivencia que durante todo el trimestre de biología. Visto el resultado de la escena, confío en que el ratón haya sufrido un infarto de miocardio en la primera acometida.

Seguidamente, he empezado a temblar y he pensado que tendría que haber cogido otra manta. Y puede que también un lanzagranadas. Quién sabe si los buitres también tienen hábitos nocturnos y me quieren de carnaza para sus crías.

Para librarme del pánico he abierto el libro y me he dedicado a observar los cuerpos celestes. He creído identificar la Osa Mayor y la Menor, con la estrella Polar en el extremo, y he deducido que algunos puntos que no centelleaban serían planetas. Ahora bien, que no me pregunten si se trataba de Marte, Venus o Rita la *cantaora*. Lo ignoro. He descubierto algunas estrellas fugaces, cinco en total, y he pedido cinco deseos: que Carla me quiera, que Carla me quiera, que Carla me quiera, que Carla me quiera, y que a la señora Natalia le dé un ataque de afonía aguda.

Estaba tan absorto contemplando el cielo que no he reparado en una araña rechoncha que se había instalado cerca de la cremallera de los pantalones. «¿Qué te apuestas a que ahora me envuelve los gametangios con una telaraña?», he pensado, y me la he sacado de encima con un grito apagado. Después me he envuelto con la manta como una crisálida y me he bebido una Coca-Cola, como el bebé que ante un peligro o una pesadilla se agarra al chupete.

No me había recuperado todavía de la visita del arácnido cuando, de pronto, he oído el chirrido de la puerta del balneario. Mis ojos ya se habían acostumbrado a la oscuridad. En el umbral he visto la figura inconfundible de Jaime, el hombre del parapente, cargado con un saco pesado que le hacía caminar medio torcido y con una pala en la mano. Le he espiado desde el interior de mi escondite con el corazón en un puño, convencido de que, si me descubría, me haría cantar *Sur le pont d'Avignon* colgado de un tilo boca abajo. Jaime ha mirado a derecha e izquierda cauteloso e, ignorando que alguien le observaba, se ha alejado poco a poco con su pesada carga en dirección al río.

La noche estaba siendo movida. Por la distancia que ha recorrido la Luna en el firmamento he deducido que debían de ser las tres de la madrugada. O las cuatro. O las cinco. Por todas partes oía los cric-cric de animales furtivos que se arrastraban y corrían por el suelo, pero no se veía rastro de Carla ni de su madre. Mi estado era de un nerviosismo tal que me he tragado la otra Coca-Cola sin respirar. Me he arrebujado aún más dentro de la manta y he tratado de dormir un poco. En vano. Si me ponía recto sobre la madera no podía respirar y, si buscaba una posición más cómoda, fetal, temía que algún carnívoro nocturno me mordiese el culo. ¡Qué noche! No se la deseo ni a la señora Natalia.

* * *

A pesar de todo, debo de haberme dormido porque un buitre ha conseguido agarrarme con las garras.

—¡Eh, que soy yo, despierta! —ha ordenado el ave.

Haría un par de horas que había salido el Sol y su resplandor me hería los ojos. Sentía la cabeza cargada, como si una tribu de bantús minúsculos hubiese estado tocando toda la noche el tam-tam en el interior de mi cabeza. Pero poco a poco he podido distinguir el rostro de Benjamín en la supuesta cabeza de ave.

—Ya veo que te has quedado estudiando toda la noche —ha insistido—. ¿No crees que te lo tomas muy a pecho?

—No la he visto, Benjamín.

—¿A quién, a la nebulosa de Andrómeda?

—¿Qué?

—Venga, vamos a desayunar.

—No, por favor, no me siento con ánimos.

Benjamín ha adivinado mi aprensión por la leche

agria del balneario y me ha enseñado una bolsa llena de alimentos, con una risita irónica que aludía, seguramente, a la factura que pensaba dejarle al comisario Llorente como una pequeña *vendetta*. Había dos barras de pan, jamón, queso, una lata de atún y huevos duros.

—Puede que no haya hecho bien en traer las cervezas —ha dudado—. No sé si tú...

Se ve que se me ha iluminado la cara porque Benjamín no ha esperado más respuesta.

—Perfecto —ha dicho.

Y me he encontrado corriendo en dirección al río con la manta enarbolada como un estandarte, dando alaridos como dos guerreros locos en pleno asalto. Al llegar, hemos buscado un meandro que convierte el torrente en una balsa tranquila, nos hemos sentado sobre una roca plana como una península ínfima y hemos puesto los pies en remojo en el agua fría.

—Ahora yo debería hacer veinticinco abdominales, diez largos de piscina y una excursión por la montaña —he suspirado con una melancolía calculada.

—Sí, y yo tendría que tomar una ducha escocesa —se ha reído Benjamín, salpicándome la cara con agua.

Nos sentíamos eufóricos al compartir aquella chiquillada y lo expresábamos con falsos golpecitos de boxeadores en el estómago y en la espalda. Cualquiera que nos haya visto se habrá llevado una idea muy particular de nuestra amistad.

—Oye, Arnau, he de pedirte una cosa —ha declarado Benjamín mientras se preparaba un bocata de jamón.

—No te puedo negar nada después de este almuerzo, Benjamín —le he contestado—. ¿De qué se trata?

El anciano hacía esfuerzos para confesarse, sin mirarme a los ojos, como si le diera vergüenza.

—Es un asunto delicado. De mujeres. ¿Sabes a qué me refiero?

El agua fría había conseguido desentumecerme el cerebro y, como un reflejo, he recordado la súplica de Camelia. No me ha costado en absoluto atar cabos. Sin duda, el efecto *sirtaki* había provocado secuelas en ambas direcciones.

—Yo también he de hablarte de un asunto de mujeres que te gustará mucho.

—Carla, por supuesto. Estás obsesionado, Arnau.

—No exactamente —he sonreído.

—¿Hay novedades?

—Bueno... —he dicho con picardía.

—Eres un granuja. Cuéntame, cuéntame.

—No, tú primero.

Benjamín se ha tomado unos segundos y se ha alisado el pelo con la mano húmeda.

—Tendrías que hacerme un favor, Arnau.

Benjamín ha hecho otra pausa más que me ha parecido eterna.

—¿Recuerdas que te pedí que entretuvieras al tipo de los baños?

—¿Qué?

—Aquel grandullón...

—Sí, querías que Pediluvio te diera un masaje...

—¿Quién?

—La pelirroja.

—¿Pero tú a qué te dedicas, a poner motes a diestro y siniestro?

Me he encogido de hombros y el viejo ha continuado alisándose el pelo.

—Bien, tendríamos que volver a intentarlo. ¿Me entiendes? No quiero que otro barbudo me ponga las manos encima. Sus manos deben de ser tan suaves...

De repente, he recordado las palabras de Camelia y, un poco decepcionado, he reaccionado.

—Pero Benjamín, ¿estás seguro?

El anciano ha esgrimido una sonrisa triunfal.

—Lo tengo todo controlado. Los lunes y los miércoles el barbudo está ocupado con el jardín, y tú sólo tendrás que encargarte del otro. ¡Ja! ¿Qué me dices?

He sacado los pies del agua y he saltado a la orilla del río para ganar tiempo. Benjamín me ha mirado impaciente. Entre Camelia y Pediluvio, en mi opinión, no hay color, ciertamente, pero yo no tengo setenta años como Benjamín. Me resulta inconcebible su quimera. A pesar de ello, se le veía tan ilusionado que sus ojos grises lanzaban destellos y no me he visto con ánimos de estropearle el plan. «Ya habrá tiempo para hacerle cambiar de idea», he pensado.

—Bueno, ¿qué me dices? —ha reiterado.

—Sí, pues claro que te ayudaré, después de todo parece que hasta me va bien el tratamiento de fangoterapia.

—¡Bien! —ha exclamado Benjamín—. Los amigos se demuestran en el infortunio. Y no te preocupes por Carla, ya lo arreglaremos.

Pero en realidad, mi pensamiento estaba en otra

parte. No he podido dejar de cavilar que la paradoja de ayudar a Benjamín en su asunto amoroso comportaba la traición a Camelia. Visto el papel que me obligaba a hacer Benjamín, más le valdría a la pobre que la ayudara Judas Iscariote.

* * *

Casualmente, en la entrada del hotel, sentadas delante del mostrador de información, me esperaban la hiena y la señora Natalia. Al verme, las dos han callado y ha quedado muy claro que me estaban desollando. Me he sentido, por un instante, como el pobre ratón en las garras del mochuelo y he pedido mi llave con un hililllo de voz digno del roedor más asustadizo. La hiena me ha obsequiado con una de sus sonrisas más agrias y ha soltado el llavero junto con un sobre.

—Tú, pobre, no tienes la culpa de nada —ha suspirado enigmática la señora Natalia.

A su lado, su Moisés, impertérrito como la momia de Tutankamon, ha emitido una especie de ronquido interno, como el principio de una combustión volcánica que no ha cuajado en ninguna erupción.

He cogido el sobre y he subido a la habitación sonriendo al pensar en las bolas que debía de estar esparciendo sobre mí la cotorra del balneario. Tan abstraído iba que no he visto unas maletas que me obstaculizaban el paso y he ido a parar de cabeza contra el armario. Me he podido dejar la mollera en la caída, pero el incidente no ha pasado de una hemorragia nasal que he cortado como he podido con un trozo de papel. Acto seguido, me he dejado caer sobre la cama medio mareado y he abierto el sobre, mejor dicho, he sacado la nota del sobre ya abierto, sospechosamente abierto.

Vaya, había olvidado el viaje de mis padres. Tres días de balneario y se ve que el riñón paterno ya se ha atrevido a hacer una escapada. ¡Y yo que pensaba que habíamos venido al balneario por él! En la nota, papá y mamá me reiteran que se van unos días a visitar al incivilizado Ismael Quilis, que de hecho ya se han ido. Y encima me dejan las maletas para ahorrarse el dinero de la habitación. Que no me preocupe, añaden, que la señora Mercedes, alias la hiena, se ocupará de mí. Me habrían podido dejar con la misma tranquilidad en manos de la novia de Frankenstein. Sin duda, éste es el castigo de la traición a Camelia: mis padres me pagan con la misma moneda. ¡Ojalá les dé un cólico nefrítico que les haga volver!

He examinado mi situación después de tomar tres días las aguas beneficiosas de Aguacalda. Diagnóstico: no me he ligado a ninguna francesa, no tengo ni idea de vulcanología y mi estómago está flácido como un globo pinchado. Por otro lado, y parece que gracias a la fangoterapia, casi me han desaparecido los granos, he encontrado un buen amigo en Benjamín y me he enamorado de Carla. Resultado: he decidido poner una vela para la recuperación del riñón paterno y para que mis progenitores vengan lo más tarde posible.

* * *

¡Las seis! Otra vez me he quedado dormido. Me he levantado inquieto y he abierto el libro de Ciencias por el capítulo de la naturaleza de la materia, dispuesto a conocer los secretos más recónditos de los átomos y las moléculas. He leído por encima que las dimensiones del átomo se calculan entre dos y cinco ángstrom, y que un ángstrom es la diezmillonésima parte de un milímetro. Tanto da que mire las estrellas, los gametos o los átomos, la perspectiva de la ciencia siempre me da mareos.

He salido a pasear para intentar despejar la niebla que me embotaba la mente. En realidad, como un alma en pena, iba desesperado por encontrar a Carla y, al mismo tiempo, me daba miedo, temeroso de provocar otra catástrofe. En mi recorrido errático he evitado los baños por si encontraba allí a Benjamín y me utilizaba de alcahuete. Cerca de la piscina, han pasado por mi lado los Follón en fila india desordenada. Delante, los hijos mayores, Aurelio y Rut, dando alaridos como dos *sioux* danzando sobre carbón encendido; detrás, los padres, Antonio y Juana, los dos acusándose de no sé qué delito y poniéndose verdes; y por último, la pobre Adela, la abuela, resoplando como una locomotora asmática. Por lo que parece, todos iban a la búsqueda del pequeño Juanillo, un salvaje que es de lo que no hay, en opinión de la señora Natalia, y que en aquel momento estaba pensando, a pocos metros de su familia, si se tiraba al río o no. Haciendo visera con las manos he descubierto que, por suerte, no se ha tirado y me he entretenido en observar los abrazos cuando se han reunido todos en la orilla del río. No me avergüenza decir que he sentido un poco de envidia al contemplar su alegría. Mis padres no me echan broncas con frecuencia, no me riñen, son la mar de ingleses conmigo. Incluso tengo mis dudas de que sepan que existo.

Melancólico y taciturno, me he acercado a la cafetería, el antiguo casino del balneario donde los ricachones despilfarraban antaño su fortuna. Las antiguas mesas de juego románticas se han convertido ahora en tablas medio carcomidas para sostener el café con leche, y los crupieres tramposos se han transformado en catedráticos mediocres.

El señor Aníbal, con el cuello apretado por una pajarita, oficiaba de pie detrás de una de estas mesas. Su público era la flor y nata de Aguacalda: su hija Elisenda, que miraba embelesada a su eminente padre; sus nietos, Aquiles y Medea de siete años, para quien los ángstrom no debían de suponer ningún secreto; su yerno, el electricista, forzando sonrisas a diestro y siniestro; la dinámica señora Natalia y su Moisés, tan vigoroso como una lechuga, y la hiena, ocupada en encender las velas de un pastel y descorchar botellas de cava. El señor Aníbal, un poco alegre, me ha señalado irónico y ha dicho en voz alta:

—*Ars non habet inimicum nisi asinum.*[1]

La repulsiva Medea, a quien había dirigido su comentario, ha sonreído con suficiencia. He supuesto por los gestos que se me invitaba a la fiesta con displicencia y he preferido declinar la oferta.

---

[1] La ciencia no tiene más enemigo que el asno.

—No, gracias —he dicho lo más digno que he podido—, prefiero aburrirme en aquel rincón yo solo.

Entonces, el abuelo y la nieta han soltado tal risotada que me ha dado la impresión de que me estaban tomando el pelo.

—*Quod erat demonstrandum: Asinus ad lyram*[2] —ha completado Medea.

Me he sentado en una butaca y he cogido un cómic, pero los murmullos del grupo del señor Aníbal me atraían continuamente. Por suerte, han aparecido Hortensia, Camelia y Begonia y me han pedido que jugase con ellas a las cartas. Camelia me ha guiñado un ojo y me he sentido incómodo un instante al recordar que aún no había cumplido mi promesa, pero poco a poco se me ha contagiado la risa de las tres Gracias.

Del grupo del señor Aníbal, hasta entonces tan risueño, se notaba cierto desdén por nuestra alegría. La señora Natalia, con una voz extemporánea y lo suficientemente alta para que la oyésemos, ha exclamado:

—¡Oh, qué bien nos lo pasamos!

Desde aquel momento se ha entablado como una especie de competición insensata e irrefrenable entre los dos grupos para ver quién reía más. Nos hemos demostrado nuestra animadversión con una franqueza que me ha sorprendido, como criaturas, y he llegado a pensar que, en lugar de un balneario para ancianos, Aguacalda parecía una escuela de meones.

De pronto, en el momento más álgido de la confrontación, Benjamín ha entrado en la cafetería y todo

---

[2] Como se desprende del ejemplo: un asno con una lira.

el mundo ha callado: unos tal vez conscientes del ridículo que estábamos haciendo; otros quizás incomodados por la presencia de aquel nuevo contendiente; y yo porque temía el encuentro entre Camelia y el viejo.

Benjamín nos ha hecho un gesto con la mano desde lejos y se ha acercado hacia nosotros sonriendo. Las tres Gracias le han saludado con efusión y han enrojecido a continuación como tres Chupa-Chups de fresa. A mitad de camino, cuando Benjamín ya había superado la mesa de nuestros adversarios, la voz del señor Aníbal, agria como una almendra verde, ha exclamado nítidamente:

—*Ave, asinus burris campis pascis.*[3]

El grupo del señor Aníbal se ha echado a reír. No era preciso saber latín para intuir que la frase era despectiva. El señor Aníbal, envalentonado por el coro que le reía todas las gracias y más bebido que una cuba, había disparado el exabrupto y ahora el dardo ya había hecho diana. No se entendía tanto odio contra un pobre anciano, excepto por el ansia desmesurada de triunfo del catedrático chocho.

Pero Benjamín ni se ha inmutado. Lógicamente he pensado que no sabía ni papa de latín, o que no había captado el tono de desdén del ataque, pero, por lo que parece, sí que lo había pescado. ¡Desde luego! Poco a poco se ha dado la vuelta hacia su contrincante y, haciendo ostentación de sus zapatillas raídas, con la voz lo bastante alta para que todos le oyésemos pero muy tranquilo, ha dicho:

3 Te saludo, tú que pastas en los campos de los asnos ignorantes.

—*Risus abundat in ore stultorum. Plebs bene vestitum stultum putat esse peritum.*[4]

Se ha hecho un silencio sepulcral, únicamente roto por la carcajada imprudente y fuera de tono de la señora Natalia, que no ha captado la tensión del ambiente y para quien el latín debe de ser poco más que un juego de mesa.

—Ahora le toca a usted —se ha reído como si animara a un niño a jugar al parchís.

El señor Aníbal, completamente lívido, le ha dirigido una mirada de odio y después se ha ido encogido, con la dignidad soberbia del que se sabe derrotado. Al rato, su grupito se ha deshecho. Por cierto, me ha parecido que los ojos del yerno del catedrático, el electricista, sonreían, pero debe de haber sido un espejismo porque la expresión de su cara era dura, salvo que, como se dice con frecuencia, los ojos sean el espejo del alma. Por nuestra parte, hemos recibido a Benjamín como al vencedor de una batalla.

—*Ave Caesar, morituri te salutant*[5] —he declamado la única frase en latín que conozco poniendo un pie encima de la silla y con el brazo en alto como un legionario romano.

—*Alea iacta est*,[6] Arnau —ha respondido Benjamín, besando la mano de Begonia.

---

[4] La risa abunda en la boca de los necios. La gente considera sabio al necio bien vestido.

[5] Salve César, los que van a morir te saludan.

[6] La suerte está echada.

—¡Ostras! —he exclamado incrédulo—. ¿Dónde has aprendido tú latín?

—Bueno, un poco de aquí, un poco de allí. Todos tenemos nuestros vicios.

Begonia, Camelia, Hortensia y yo nos hemos reído de la expresión modesta de Benjamín.

—Pasé unos años en el seminario —ha explicado el viejo.

—¡Tú, cura!

Sin proponérselo, Benjamín consigue seducir sin mover ni un dedo. Siempre encuentra la expresión justa y no por ello se jacta de nada. No me habría extrañado en absoluto que, como un prestidigitador, se hubiese sacado del magín un pasado mítico. Podría ser cualquier cosa. A nuestros ojos, de las tres Gracias y de mí mismo, Benjamín era como un héroe.

—¿Qué le has dicho para que se marchara con el rabo entre las piernas? —he gritado exultante.

—Ha de ser muy infeliz, el pobre, si tiene que medir constantemente su valor con la ignorancia de los demás. Sólo el necio se contenta con la debilidad de su adversario.

—Venga, Benjamín, deja de hablar en latín, ¿quieres? —he insistido—. ¿Qué le has dicho?

Benjamín ha cogido una de las botellas de cava medio llenas que habían dejado los de la fiesta, se ha llenado un vaso y ha argumentado:

—Bueno, más o menos que estaba haciendo el ridículo, que se le había quedado pegado un moco en la corbata.

Hemos celebrado la ocurrencia con los restos de

cava. Las tres Gracias querían que jugásemos una partida de cartas, pero Benjamín ha aducido que tenía que hablar conmigo en privado. De pronto, he sentido pudor porque el anciano me destacaba con su amistad. Hemos salido a pasear por el jardín y, sentados en el banco que me había servido de cama, Benjamín me ha informado:

—Lo tuyo ya está hecho, Arnau.

—¿Qué?

—Carla.

—¿Qué Carla?

Los ojos grisáceos de Benjamín han brillado pícaros.

—Mi bisabuela, alcornoque.

—Es decir... ¿De qué me hablas? ¿Qué es lo que está hecho?

—Mañana van de excursión al salto de la Condesa, ella y su madre.

—¿Qué?

—Mañana van de excursión al salto de la Condesa, ella y su madre —ha repetido.

—No estoy sordo —he contestado excitado.

—A las siete de la mañana estarán en la puerta del balneario y, a las once, en la cascada.

—¿Cómo sabes tú eso?

—Me lo ha dicho ella.

—¿Quién? ¿Has hablado con Carla? —he dicho asustado.

—No.

—¿Con la señora Natalia?

—¿Qué tiene que ver ella con esto?

—¿Y entonces?

—Me lo ha dicho la madre.

—¿La madre? ¿La madre de Carla? ¿Por qué?

—Porque se lo he preguntado.

—¿Cómo?

—Ya basta de interrogatorio, Arnau. ¿Te gusta o no te gusta Carla?

—Yo qué sé, no he intercambiado con ella más de tres frases.

—Entonces no te hará daño hablar con ella.

—¿Yo?

—Hombre, algo tendremos que hacer si hemos quedado con ellas.

—¿Qué?

—¡No me extraña que te hayan suspendido las Ciencias, eh! ¿Eres duro de mollera o qué? Ya te lo he dicho. He quedado con ellas para mañana. Nos vamos de excursión con la madre y la hija. ¿Lo entiendes?

—¿Ellas lo saben?

—Sí.

—¿Estás seguro?

—No seas exagerado, ¿eh? Está todo arreglado. Todo legal, ¿comprendes? No he tenido que sobornar a nadie si es lo que temes. Simplemente, le he preguntado qué podíamos hacer un amigo mío y yo para matar el aburrimiento. Que cómo se las arreglaban ellas. Y me ha dicho eso de la excursión. Es muy amable, ¿sabes? Ha sido ella quien se ha ofrecido, no yo. Se van a las siete, pero eso es demasiado temprano para nosotros, ¿verdad?

—Y Carla, ¿lo sabe?

—Será una sorpresa —ha sonreído Benjamín.

—Ya verás, cuando sepa que voy yo, se quedará en el hotel.

—Oye, que nos vamos de excursión, no a pedirla en matrimonio. Pero si lo prefieres, lo dejamos correr y ya está.

—Espera, espera, déjame pensar.

Me he puesto en pie nervioso y he dado unos pasos. Benjamín me observaba divertido y repantingado sobre el banco con una pierna sobre la otra. Su desvergüenza ha encendido una lucecita en mi cerebro.

—De acuerdo, he dicho finalmente, pero con una condición: que venga también Camelia.

—¿Camelia? ¿Y por qué Camelia?

—Bueno, ¿Camelia, Hortensia y Begonia?

—Si lo consideras necesario, por mí como si quieres que vengan tus padres.

—¿Mis padres? Yo ya no tengo padres, Benjamín —he soltado afligido.

Y le he explicado punto por punto la deserción de mis progenitores.

3. *Más confidencias*

A las seis de la mañana ya no he podido dormir más. El corazón me latía con fuerza y me sentía el cuello rígido, como si una de las venas que pasa por él se hubiese transformado en un palo de escoba. He abierto la ventana de par en par y una brisa de aire fresco me ha inundado los pulmones. No sé por qué me he acordado de mis padres, perdidos en algún punto de la comarca. ¡Qué cara! Dejarme en manos de la hiena. Me ha hecho la vida imposible. Y delante de todos, incluso delante de Carla. No me ha dejado salir del comedor durante la cena hasta que no me he terminado el helado de vainilla. Pero lo que más rabia me da es la actitud suicida de Benjamín.

—No podemos hacer nada, Arnau —ha dicho sin parar de reír—, si queremos que nos prepare los bocadillos para la excursión, tendremos que comernos el helado.

De pronto, a las seis y media, la puerta del balneario se ha abierto con su peculiar chirrido. He notado un retortijón de tripas. Sólo faltaría que me viniese cagalera en la cascada de la Condesa, he suspirado. Luego he

visto que una silueta inconfundible pasaba con sigilo por debajo de mi ventana. Se trataba de Jaime. ¿Adónde iría este hombre todas las madrugadas cargado con un saco?, me he preguntado. ¿Y dónde demonios se ha metido Nuria Parapente, su mujer? Hace días que no la veo, justamente desde que los vi discutir.

Cuando Jaime se ha perdido de vista tras la valla de la piscina, he intentado hacer unos abdominales, con la intención de presentarme ante Carla con la barriga dura como una barra de mármol, pero me ha dado un calambre. He tenido que echarme en la cama y me ha asaltado una sospecha horripilante. Me parece que en lugar de músculos tengo un helado de vainilla flácido dando vueltas por mi estómago como una cápsula espacial.

Poco después, a las siete, la puerta del balneario se ha abierto de nuevo. Esta vez sí que eran Carla y su madre. Por cierto, ¿cómo se llama la madre? No lo recuerdo. ¿Debía llamarla señora? ¿Hablarle de tú? Puñetas, me estaba poniendo nervioso. He sopesado si no sería mejor que me lanzara por la ventana. O mejor aún, habría podido tirar las maletas de mis padres a la piscina.

Carla y la señora madre de Carla han tomado por fin el camino del río, justo al lado de la piscina, sin sospechar que, a pocos metros sobre sus cabezas, las espiaba un gusano de vientre flojo. Lentamente, la oscuridad las ha engullido.

Me he recostado de nuevo en la cama y he intentado dormir un poco. En vano. ¿Por qué narices se le ocurrió a Benjamín quedar a las once? Mierda, ¿y por qué no se me iba de la cabeza ese fideo de Carla? ¡Cualquiera diría que no hay más mujeres en el mundo! He tratado de pensar alternativamente en Hortensia, Begonia y Camelia, pero no ha servido de nada. ¡Puñetas! ¡Camelia! Aún no le he dicho nada a Benjamín. Tal vez sí que sería mejor que me hubiese tirado por la ventana.

He pasado dos horas más martilleándome la cabeza y paseando arriba y abajo como una pantera enjaulada. A eso de las nueve me he vestido y he ido a llamar a la puerta de Benjamín. Sólo al cabo de diez minutos he conseguido que dejara de roncar y se acercase resoplando como un toro.

—¿Qué haces tú aquí? —ha bostezado apoyado en el umbral de la puerta.

—¿Cómo que qué hago? Tenemos una excursión pendiente esta mañana, y tú me has metido en este berenjenal. ¿Te acuerdas?

El viejo ha hecho una mueca compungida.

—Oh, no te lo había dicho, Arnau, perdona. Anoche, a última hora, me surgió un compromiso.

—¿Qué?

He notado como una especie de *crac* en el interior del pecho, y la tensión arterial me ha subido hasta las nubes. La sonrisa burlona de Benjamín ha estado a punto de llegar demasiado tarde.

—Es una broma, tonto. Venga, bajemos a desayunar.

A continuación ha cogido la camisa, los pantalones y las zapatillas raídas bruscamente y se ha ido vistiendo por la escalera cantando a pleno pulmón eso de «*Vendetta, tremenda vendetta*» de *Rigoletto*.

En el comedor nos esperaban Begonia, Camelia y Hortensia vestidas de tal manera que no habrían desentonado en un safari al Kilimanjaro. Benjamín estaba contento. Ha besado de una en una las manos de las tres Gracias y me ha obligado a hacer lo mismo.

—¿Acaso has visto alguna vez un ramillete de flores tan fragante, Arnau? —ha declamado histriónico.

Las tres Gracias han exclamado diversos «ohs» y «ahs».

—No te pases, Benjamín —he dicho yo para enfriar los ánimos de Camelia.

—El amor de la juventud tiene prisa —me ha excusado el viejo—. Venga, no le hagamos esperar. Desayunemos. ¡Camarero! Una ambrosía.

El camarero le ha traído, como cada día, un vaso de café con leche y un par de cruasanes resecos. Yo, como siempre, he pedido chocolate. En qué hora, por cierto. Mi barriga todavía no había digerido el helado de vainilla de la cena y me ha amenazado con otro retortijón.

Al terminar, la hiena nos ha dado una bolsa con los bocadillos y nos ha advertido que fuésemos con cuidado. ¿Por qué? ¿Ha sembrado el río de pirañas?

Finalmente nos hemos puesto en marcha a las diez horas, doce minutos. Hemos dejado atrás el hotel y la piscina y nos hemos adentrado por el sendero que transcurre paralelo al río, siempre hacia arriba. Delante de todos iba Benjamín, cantando a pleno pulmón fragmentos inconexos de óperas; a continuación, las tres Gracias haciéndole el coro; y yo detrás, jadeando igual que un acordeón y cargado como una mula con los bocadillos y las cantimploras.

Después de recorrer un par de kilómetros, siempre a través de pedregales tortuosos y veredas llenas de zarzales que en ocasiones quedaban suspendidas sobre el río, justo detrás de un recodo del sendero ha aparecido delante de nosotros el salto de la Condesa, una cascada que caía al vacío como una cola de caballo. A pesar de todo, el estrépito del agua era agradable y su chapoteo continuo había originado una cuenca en la superficie de la roca, como una balsa pequeña. En una de las orillas, de pendiente suave y suelo liso, se encontraban los cuerpos de Carla y su señora madre, como dos lagartijas al sol.

Benjamín las ha llamado y la madre nos ha invitado a bajar. Sin duda, el encuentro habría sido más digno si uno de los expedicionarios no hubiese resbalado en la piedra húmeda. Por suerte, me he levantado sin ningún hueso roto y la caída ha servido para romper el hielo.

—Éste que cae con tanta gracia es mi amigo Arnau —ha sonreído Benjamín.

La madre de Carla me ha alargado la mano y se ha presentado como Claudia.

—Ya hemos tenido la ocasión de tropezar con él —ha añadido.

Carla se ha incorporado a medias y ha dicho «hola» mientras se protegía del sol con las dos manos. He temido que por un momento dijese «hola, idiota», pero si lo ha pensado, ha tenido la delicadeza de guardárselo para sí.

Por fin, los siete nos hemos acomodado en la roca, y las tres Gracias, Claudia y Benjamín se han enredado en una conversación sobre el tiempo y el salto de la Condesa, donde la expresión «como un paraíso» ha aparecido diecisiete veces. Estaba tan negro de oírles que he intentado una aproximación a Carla.

—Se está bien aquí arriba, ¿verdad? —le he dicho.

Ella ha hecho visera con una mano y ha replicado socarrona:

—Sí, es como un paraíso.

Me hubiera querido fundir al sol como el chocolate, lo juro. ¿Por qué me era tan difícil, puñetas? Mientras yo era incapaz de pronunciar ni media frase original, a pocos metros de mí, Benjamín tenía a las tres Gracias y a la madre de Carla embelesadas contándoles historias de la orquesta, la mitad de las cuales debían de ser, como mínimo, hiperbólicas. Poco después se ha puesto a cantar fragmentos de óperas con su voz ronca, y hasta Carla se partía de risa. La verdad es que era cómico observar a Benjamín correr de arriba abajo escenificando los argumentos. Nos decía: «ahora *La flauta mágica* de Mozart», y medio cantaba y medio recitaba las aventuras del príncipe japonés Tamino y el fiel Papageno. Para reconocer mejor a los personajes, por ejemplo, los identificaba con nosotros. Decía: «las tres damas del bosque», y señalaba a las tres Gracias; «la reina de la noche», y miraba a Claudia; «su hija Pamina», y apuntaba a Carla con el dedo. Para nosotros se ha reservado los papeles protagonistas: él, Papageno, y yo, Tamino. Seguidamente, ha relatado y cantado las muchas vicisitudes que atraviesan Tamino y Papageno para rescatar a la hija de la reina de la noche de las garras de

Sarastro y el moro Monostatos (para estos personajes ha indicado un par de árboles resecos) y, señalándonos a Carla y a mí juntos, nos ha explicado que Pamina y Tamino viven por fin su amor en el palacio de Sarastro.

Sé con toda seguridad que me he puesto colorado. Lo sé porque una acumulación de sangre tal en la cara se tiene que notar por fuerza, como un volcán en erupción. No me he atrevido a girar la cabeza y ver la reacción de Carla, pero me imagino que no le ha gustado la alusión. En cualquier caso, no ha protestado. Ni se ha reído. Debe de haberse quedado muerta, como yo. Sea como sea, se ve que no me he muerto del todo porque, de resultas de la vergüenza y de la tensión que he sufrido, se me ha revuelto el estómago y me ha entrado cagalera. *¡Jo!* Me había olvidado del maldito helado de vainilla.

He aprovechado que Benjamín se había quedado exhausto con su representación y se había echado a mi lado, para pedirle un pañuelo. Sin inmutarse y sudando todavía como un cerdo, ha sacado uno del bolsillo y me lo ha ofrecido.

—No, de tela, no. De papel —le he suplicado.

—Está limpio —ha respondido.

—No es por eso —he contestado yo.

—No seas tiquismiquis y suénate —ha cortado él alzando la voz, lo que ha llamado la atención del resto del grupo.

Con discreción y en pocas palabras le he explicado cuáles eran mis circunstancias estomacales, y Benjamín se ha echado a reír.

—Hazlo con unas hierbas, entonces —ha alzado la voz, malicioso.

Después de que la humanidad ha tenido que pasar por una revolución neolítica, una edad de bronce, una de hierro y un par de guerras mundiales, no estaba dispuesto a limpiarme el trasero con una mata de hierbas, que encima podían ser ortigas. Había un invento llamado papel higiénico para estas necesidades y estaba dispuesto a reventar por dentro antes que utilizar un método más arcaico.

Por suerte o por desgracia, Carla ha escuchado toda la conversación y me ha ofrecido su paquete de *Kleenex*.

—No es necesario que me los devuelvas —ha dicho.

¡Naturalmente que no se los pensaba devolver! Qué clase de depravado se imagina que soy. Le he dado las gracias y he subido por un sendero a una distancia prudente, unos quinientos o seiscientos metros.

Al regresar he visto que Carla se había lanzado al agua y chapoteaba cerca de la cascada.

—¿Por qué no nadas tú también? —me ha animado Claudia.

—Sí, Tamino —se ha burlado Benjamín—. ¿Por qué no me dejas solo con todas estas señoras, que he de cantarles el amor de *Tristán e Isolda?*

He captado la ironía de Benjamín. El pobre me había montado esta excursión para que conociera a Carla, nos había unido en la fantasía como a Tamino y Pamina, y, en lugar de aprovechar la oportunidad, me estaba comportando como un ratón. He decidido afrontar la situación, como deseaba Benjamín, y hablar con Carla sin examinar cada palabra, interesándome por ella, mostrándole mi afecto... Y si la cosa no iba bien, siempre me quedaba Camelia. *¡Glub,* Camelia! Mientras me quitaba los pantalones y me quedaba en bañador, Benjamín ha reiniciado su recital cogiendo apasionadamente la mano de Hortensia bajo la mirada celosa de la pobre Camelia.

Sin querer pensar ni un minuto más en mi traición, me he acercado al centro de la balsa, donde Carla flotaba boca arriba, y le he preguntado si hacía pie.

—¿Qué? —ha dicho ella incorporándose.

—Que si haces pie —he repetido.

—¿No sabes nadar? —ha replicado con picardía.

—Pues claro que sé nadar, no soy idiota.

Y he subrayado la palabra *idiota* con la intención de limpiar mis anteriores tropiezos.

—A ver si es verdad —ha gritado ella salpicándome la cara de agua y nadando como una loca en dirección a la cascada.

Me he frotado los ojos y me he lanzado en su persecución sorprendido por la facilidad con que me relacionaba con Carla después de sacarme de encima todas las quimeras y de acercarme a ella de manera más franca. He nadado como un loco, pero ha podido mantener la distancia y sólo he conseguido tocarle un pie, que se me ha escapado cuando hemos llegado a la cortina de agua.

—Nadas bien, pero no tanto como yo —ha dicho ella resoplando.

—Y aquí... —he jadeado—, ¿hacemos pie?

—Déjame ver.

Ha cogido aire y se ha zambullido. Mientras tanto, yo he alargado un pie pero no he conseguido tocar el fondo. Estaba fascinado por la forma en que Carla se sumergía en el agua cuando yo aún no había recobrado el aliento de la carrera. Y encima aguantaba bajo el agua tanto tiempo... Llevaría como mínimo un minuto. He contado hasta veinte lentamente y después me he empezado a poner nervioso. ¿Y si se había enganchado en una roca? He tratado de ver el fondo, pero no se veía nada por la espuma que provocaba el chapoteo de la cascada. Haría ya unos dos minutos que se había zambullido y seguía sin ver ni rastro de ella. Eso era imposible. He empezado a llamarla tímidamente, y después, a plena voz.

—¡Carla! ¡Carla! ¡Carla!

Al oír los gritos, Claudia y los demás se han dado la vuelta en mi dirección.

—¡Es Carla, que no aparece! —he gritado.

Y cuando estaba a punto de zambullirme para intentar encontrarla, con todo el aire que he podido coger, he visto una cara que atravesaba la espesa cortina de agua y que provocaba la risa de todos.

—¡Idiota! ¿Ves como sí eres un idiota?

He tenido medio segundo de desconcierto, que mi cerebro ha debido de aprovechar para decidir si se moría de espanto o no. Al acto, he atravesado la cascada y me he encarado con Carla, que, a dos metros del agua, se partía de risa apoyada en la pared. La he cogido por el pelo y no ha opuesto resistencia alguna. Tenía dos

opciones, he pensado: estamparla contra la roca o besarla, demostrarle con una prueba física mi afecto. En lugar de eso, cada cual es como es, he sufrido una angina de pecho fulminante y he caído al suelo.

Al principio, Carla se lo ha tomado a broma.

—Venga, no seas tan orgulloso, levántate —ha dicho sonriendo.

Sin embargo, poco a poco, cuando los ahogos se hacían persistentes, los ojos se me han puesto en blanco y una babilla incontrolada me resbalaba por la boca hacia la barbilla, se ha asustado. Me ha zarandeado el cuerpo, con las dos manos sobre el pecho, y me ha susurrado anhelante.

—Arnau, eh, Arnau, por favor...

La he dejado sufrir unos segundos más todavía antes de abrir medio ojo y responder.

—¿Ves cómo no soy tan idiota?, ¡idiota!

Si eso se lo hace Benjamín, seguro que Camelia, aliviada, le habría besado. Esto, por el contrario, si lo hago yo, si lo hace Arnau Sepúlveda, le llueve un bofetón. Por suerte o por desgracia tenía la cara a ras del suelo y Carla se ha llevado la peor parte al estampar los dedos contra la roca. Ha gemido y se ha cogido la mano con una mueca de dolor. Juro por Dios que le he pedido perdón, hasta he intentado cogerle la mano, y estaba dispuesto a lamer la sangre que le manaba, pero Carla, veloz como una pantera recién enjaulada, me ha endilgado otro golpe, ahora de lleno en la cara, y me ha lanzado al agua. «Mira por dónde», he pensado mientras caía con poca gracia, «me he tenido que enamorar de una psicópata».

Al salir, Carla ya nadaba en dirección a la cala. La he seguido poco a poco, más confuso que una mona en el interior de una iglesia metodista. ¿Qué se supone que tendría que haber hecho?, me preguntaba. Pero no he encontrado ninguna respuesta. No obstante, sentía ganas de acercarme de nuevo a ella y pedirle perdón. En lugar de eso, me he quedado mirando a Benjamín, como exigiéndole una explicación, y él me ha guiñado un ojo y me ha enviado un mensaje mudo. He descodificado perfectamente sus palabras: «Bien, chico, bien». Mientras, como un eco lejano, me han llegado las palabras de Claudia:

—Es muy triste la historia de la Condesa...

«Dudo que sea tan triste como la mía», he pensado plantado como un pasmarote en medio del grupo mientras trataba de adivinar a qué demonios se refería Benjamín con su «bien, chico, bien».

—Siéntate a mi lado, Arnau —me ha interrumpido, solícita, Camelia.

—No, gracias, prefiero morirme solo en aquel rincón.

Claudia y las tres Gracias me han mirado extrañadas.

—Y qué le pasó a la condesa —ha intervenido Benjamín para desviar la atención—, ¿perdió un anillo en el río?

—Mucho peor —ha proseguido Claudia—, perdió la vida. Dice la leyenda que conoció a un hombre en el casino de Aguacalda y que se enamoró de él. El hombre fingía ser un empresario italiano y consiguió que le cediera una cantidad importante para invertirla en su nombre. El amante era en realidad un tahúr y desapareció con el dinero. La condesa esperó en balde su retorno y, una noche, descalza y medio desnuda, subió hasta allí arriba y se pegó un tiro. A la mañana siguiente, la encontraron con el cuerpo atrapado entre las rocas y con los cabellos que se confundían con el agua en su caída.

—¡Oh, pobre condesa! —ha exclamado inflamada Begonia, como si el suicidio de la aristócrata se acabase de producir hacía unos minutos y no cien años atrás.

—Qué historia más ridícula —la ha cortado Carla incorporándose—, no creo que nadie se haya podido enamorar en Aguacalda hasta el extremo de matarse.

—Tal vez sí —ha saltado Camelia, dirigiéndome una mirada jeroglífica.

—La gente pasaba muchos meses en el balneario —ha continuado explicando Claudia—. Además, en el siglo pasado, durante el Romanticismo, estaba de moda la exaltación de las pasiones...

—¿Y se sabe qué fue del empresario italiano? Es decir... —ha ironizado Benjamín—. ¿Le fueron bien los negocios?

—La leyenda no lo dice.

—Seguramente se mató él también de los remordimientos —ha opinado con un deje trágico Hortensia.

—O se perdió por el camino —se ha reído Benjamín cortando en seco cualquier razonamiento.

A continuación, nos hemos sentado en círculo para comernos los bocatas de la hiena. El buen humor de Benjamín ha conseguido que incluso el pan reseco de nuestra anfitriona se convirtiera en un manjar exquisito. Decía: «Mira qué tenemos aquí, ancas de rana con caviar», y te lanzaba una tortilla gomosa e insípida. Todos le seguían la gracia y hacían grandes aspavientos al recibir su parte. Sólo yo me he mostrado arisco y taciturno todo el rato. Estaba ofuscado: me repetía que tenía que hablar con Carla y exigirle explicaciones y, al mismo tiempo, estaba dispuesto a pedirle perdón por Dios sabe qué. La he espiado furtivamente y no me ha dirigido ni una sola mirada, igual que si me hubiese transformado en el fantasma de Canterville.

Al terminar de comer, Hortensia me ha invitado a pasear y nos hemos adentrado por el bosque siguiendo un sendero. Ha sido como un salvavidas. La anciana no me veía con fuerzas para escuchar ningún chiste más sin subirme al salto de la Condesa y estrellarme de cabeza al suelo. No hay duda de que la risa del afortunado es la aguja del infeliz. Y la aguja que más me hería era la de Carla. ¿Cómo podía ignorar mi sufrimiento?

—Te encuentro triste, Arnau —me ha insinuado Hortensia, poniéndose en la boca una ramita de romero—. ¿Quieres que hablemos de ello?

Una cisterna llena de agua a rebosar no habría encontrado un grifo más caudaloso. Mi pensamiento se ha escapado como un rayo y en una frase me he confesado:

—Estoy loco de amor, Hortensia.

Su réplica ha llegado tan eficaz como un tapón de corcho.

—Oh, Arnau —me ha dicho exultante y cogiéndome las manos—, de eso mismo quería yo hablarte.

—¿Qué?

—¿No te parece extraño?

—¿Si no me parece extraño el qué?

—Pues eso, que tú me hables de amor. ¿Qué casualidad, no?

Por un momento he estado a punto de creer que la septuagenaria Hortensia había malinterpretado nuestra amistad, pero la experiencia con Camelia me ha hecho ser prudente.

—Supongo que te refieres a Benjamín, claro.

—¿Y a quién si no? ¿A aquel viejo achacoso de Aníbal?

—Bueno, él es catedrático, no lo olvides.

—No vale ni la mitad que Benjamín —ha replicado ella, orgullosa.

Acto seguido, Hortensia me ha mirado fijamente y ha masticado la ramita de romero sin parpadear.

—Mira, no quiero engañarte, le he insinuado, creo que... La cosa no es sencilla. ¿Me comprendes?

—Tienes razón. Es tan tímido, el pobre.

—¿Qué?

—Por eso quería hablar contigo... Creo que necesita un empujoncito.

—¿Quién?

—¡Si hubieras visto cómo me miraba a los ojos cuando cantaba el diálogo de *Tristán e Isolda!* Se le nota demasiado que está loco por mí, pobre, ¿verdad? —ha dicho ella apenada, sin ninguna sombra de vanidad.

—Mujer...

—Pero no dará nunca el paso si no le animamos. Y he pensado que tú...

Mientras Hortensia me sugería la mejor manera de revelar a Benjamín la equivalencia de sus sentimientos, he evaluado las posibilidades que tenía el viejo de emigrar sano y salvo a Australia. Ciertamente, el futuro se le presentaba negro y, a su lado, el asunto de la condesa y el comerciante italiano empezaba a parecer una aventurita romántica de medio pelo.

He prometido que ayudaría a Hortensia y, por un instante, he temido, vete a saber por qué terror infantil, que la nariz me creciera y me delatara como a Pinocho. Sin embargo, a la ancianita se la veía tan entusiasmada, que he sido incapaz de desengañarla. En lugar de eso, y dada mi experiencia con Carla, he calculado por cuánta pasta le podrían salir al comisario Llorente dos billetes a Australia.

4. *Líos*

No sé cómo lo ha hecho, aunque no me extraña en absoluto vista su buena estrella: Benjamín ha organizado un baile para esta noche y ha conseguido que Carla y su madre, que siempre se acuestan temprano, asistan. Después del *picnic* no me sentía con ánimos de acudir a ninguna fiesta. Ya había sufrido bastante durante el regreso intentando evitar a Camelia, Hortensia y Carla, pero Benjamín, como quien oye llover, me ha involucrado en los preparativos del sarao.

—Es tu noche, Tamino —me ha asegurado—. Pondría la mano en el fuego a que le gustas.

—¿Sí? ¿Estás seguro? —he exclamado—. ¿Por eso me ha abofeteado?

—Espera, ¿dices que te ha dado un bofetón?

—En realidad, dos. En la mejilla.

—Bien, muchacho, bien, eso está muy bien.

Y se ha ido dando saltitos con las tres Gracias, que botaban como tres ratitas detrás del flautista de Hamelín. Sin duda, para Benjamín, prueba inequívoca de su amor sería que Carla me apuñalara.

Poco después, el anciano se ha agenciado un viejo gramófono y nuestro grupito se ha hecho el amo de la cafetería. El camarero, contagiado por nuestro entusiasmo, nos ha ofrecido una polvorienta colección de valses, polcas y mazurcas que, probablemente, alegraron las veladas aburridas en Aguacalda durante el siglo pasado y presenciaron el galanteo trágico de la condesa. Nadie sabía cómo bailar una polca, pero Benjamín, por supuesto, ha cogido a Begonia de la mano y nos ha enseñado unos pasos laterales, con cambios repentinos de dirección. El ritmo de la música nos ha contagiado su alegría y, carrerilla arriba, carrerilla abajo, nos ha hecho sudar de lo lindo.

En un rincón de la sala, el viejo Aníbal nos miraba altivo, con todo el desdén de su amargado corazón. A su lado, como un ejército de fieles acólitos, su familia, Natalia y su Moisés sorbían bebidas tristes de color marrón y daban evidentes muestras de malestar por el ruido de la danza. ¡Qué contraste su estampa y nuestro optimismo! He sentido el orgullo ingenuo de pertenecer al grupo de Benjamín, y mi felicidad habría sido completa si el fideo que se movía por la pista de baile y que respondía al nombre de Carla me hubiese dedicado un mínimo de atención.

Al cabo de un rato, los Follón se han apuntado a nuestro baile y, si bien los padres y la abuela daban palmadas tímidas, los niños, Aurelio, Rut y Juanillo, brincaban por encima de las sillas y las mesas como ranas. Por unas horas, Aguacalda ha revivido sus mejores días y sólo otra sombra ha enturbiado por un instante su segundo esplendor: Jaime de Parapente ha atravesado la sala con un rictus digno del Romanticismo más trágico. Seguro que cien años atrás este energúmeno habría pegado un tiro a su mujer.

Este pensamiento me ha iluminado de repente y he comprendido de golpe la desaparición de Nuria, a la que no veía desde el primer día, y las escapadas furtivas de Jaime con el saco a la espalda. He visto el asunto claro como el agua. Sin duda, ese pedazo de bestia había descuartizado a su mujer y la estaba esparciendo por toda la montaña. No he dudado ni un minuto y he abandonado la fiesta detrás de él, mientras mi fiel Papageno y Carla, sin cesar de reír, bailaban una polca por toda la sala.

* * *

El policía que ha atendido mi denuncia debe de ser licenciado en Criminología por la universidad de Harvard, como mínimo.

—¡Un asesinato! —ha exclamado, y era fácil adivinar sus ojos abiertos de par en par junto al auricular—. ¿Se refiere a una muerte con víctimas?

—¿Qué?

—Perdone, es que es la primera vez que me encargan un 24-14. Estoy un poco nervioso. ¿Cómo se llama?

—¿Quién?

—El denunciante, es decir, usted.

—Sepúlveda, Arnau Sepúlveda.

—¿Y la víctima?

—Nuria Parapente, bueno, es decir, Nuria no sé qué... Perdone, también es la primera vez que denuncio un 24-14...

—Me hago cargo. ¡Prosiga!

—Ella y su marido, Jaime, me parece que se llama, están en el balneario de Aguacalda y se ve que Nuria hizo algo feo, ¿sabe a qué me refiero?

—Sí, un 23-15, un adulterio, vaya.

—Desde entonces no la he vuelto a ver, y Jaime equis sale todas las noches con un saco a la espalda, y mira por todas partes como si alguien le espiara.

—¡Oh!

—¡Ah!, y lleva una pala.

—¡Oh!

—Perdone... ¿Sí? ¿Me oye?

—No me lo puedo creer. ¿Qué asco, no? La verdad es que no sé qué hacer.

—Podría cursar la denuncia y enviarnos un coche patrulla para que investigue —le he sugerido.

—Sí, claro, claro, eso por descontado.

Me temblaban las piernas cuando he colgado el teléfono. De hecho, todo yo temblaba, desde el cuello de la camisa hasta el metacarpo del pie izquierdo. Había un asesino suelto por Aguacalda a quien, precisamente, yo no le caía demasiado simpático.

A pesar de ello, no tenía ganas de regresar al refugio de la fiesta y enfrentarme con la indiferencia de Carla. Y encima, Camelia y Hortensia, aunque no me decían nada, esperaban que hiciera de alcahuete. Y quién sabe si, por el comportamiento de Benjamín, que las distinguía continuamente con sus galanterías, no creían que la cosa ya estaba hecha. Además, Begonia, que había inaugurado el baile con una polca descarada, me haría saber en cualquier momento que ella era la mujer que necesitaba Benjamín, aunque él no lo había descubierto todavía.

He salido a pasear a la luz de la Luna y me he sentado, melancólico y romántico, en un banco del jardín desde donde podía oír el sonido de la música, los alaridos de Benjamín y el cloqueo de las tres Gracias. Me he fijado en el resplandor que proyectaban las luces de la cafetería sobre el suelo y en las sombras que danzaban en él como las llamas de un fuego. Una debía de ser la de Carla.

En ese instante, he oído el ulular de un mochuelo y he temido ver otra escena sanguinolenta. Eso me ha hecho pensar en Nuria Parapente y me han venido escalofríos. Si cierro los ojos aún oigo su «no lo volveré a hacer más..., te lo prometo», y ahora la pobre está muerta. ¡Muerta! No me gustaría encontrarme con Jaime en un rincón oscuro pero, por suerte, la policía llegaría pronto y se acabaría la pesadilla.

Estaba tan concentrado en estas reflexiones que no he oído los pasos que, sigilosamente, se me aproximaban y, sólo cuando alguien ha puesto la mano sobre mi hombro, he comprendido de repente que Jaime había escuchado mi conversación telefónica y que se habían terminado mis días en este valle de lágrimas que es Aguacalda. No me atrevería a decir que el chillido que se ha escapado de mi garganta fuese de ninguna manera digno. A un paso del más allá, se supone que uno no repara en menudencias de este tipo. Pero si hago un mínimo esfuerzo, puedo recordar que en menos de dos segundos, al tiempo que emitía un «¡aaah!» prolongado como si de golpe me hubiesen puesto tres cubitos dentro de los calzoncillos, he corrido hacia delante, he tropezado con la zarza que separa los macizos de flores del camino y he probado con mi cráneo la dureza de la corteza del tilo. Extraordinaria, por cierto.

—No me mates, soy joven, no quiero morir todavía.

Sólo he acertado a decir eso desde el suelo, una frase de opereta gastada, lo reconozco, pero ya veríamos qué tesis doctoral sería capaz de inventarse el señor Aníbal en mis circunstancias. Cuando uno ve que va a morir, se contentaría con pasar el mal trago de la mejor forma posible y la más corta, que no está uno para un réquiem de Mozart ni para ningún otro trámite apoteósico.

—Perdona, no quería asustarte.

¡Puñetas, puñetas y recontrapuñetas! ¿Por qué siempre que veía a Carla acababa en el suelo? Esto se estaba convirtiendo en una desagradable costumbre.

—Qué va, no me has asustado —he protestado—. He visto un duro y me he lanzado a cogerlo.

—Lo siento —se ha disculpado con una sonrisa pícara en los labios mientras me alargaba la mano.

He declinado su ofrecimiento y me he limpiado los pantalones.

—¿Por dónde has salido? Creía que estabas en la fiesta bailando polcas.

—Hacía calor y he salido a pasear. Y tú, ¿por qué te has ido?

He tenido la tentación de replicarle que por su culpa; por suerte, me he contenido a tiempo.

—Tenía que hacer una llamada. ¿Quieres que volvamos?

—No, prefiero continuar el paseo.

Naturalmente, daba por hecho que Carla no quería

estar conmigo, por eso me ha extrañado que me haya cogido de la mano. Me ha llevado por un senderillo que nacía allí y conducía hacia el mirador de la Peña. Desde luego, yo no entendía nada, pero me he hecho el propósito de no pensar, no fuera que el sueño desapareciese, y me he esforzado únicamente en mantener la mano seca. La Luna iluminaba el sendero enmarcado por una hilera de pinos que se espesaba a medida que se separaba del camino. Me he tocado con la mano libre el corazón y he encontrado su ritmo correcto, no más allá de las trescientas cincuenta pulsaciones por minuto.

—Benjamín dice que conoces muy bien las estrellas —ha susurrado Carla.

—Bueno, no pasa de ser un pasatiempo —he dejado caer.

De repente, me ha asaltado una inspiración y he añadido:

—¿Sabías que la velocidad de desplazamiento de la nebulosa de Andrómeda es de 296 km por segundo?

—¿De 296 km por segundo?

—Da vértigo, ¿verdad?

Desde el mirador de la Peña se veía el resplandor mortecino de las luces del hotel y se oía el sonido medio apagado del vals. Por detrás del edificio ha caído una estrella fugaz y, con un nudo en la garganta, le he preguntado a Carla:

—¿Puedo besarte?

—Eso no se pregunta, idiota —me ha respondido ella con la voz quebrada, y después me ha recostado con cuidado sobre la hojarasca.

Tenía razón Benjamín, las mujeres son más directas, no van con tantos remilgos y, cuando una te llama idiota, ten por seguro que en realidad está iniciando un complejo mecanismo para decirte que te quiere. Mi felicidad era completa, y estaba tan convencido de la magia de aquel instante que no tenía ninguna duda de que en aquel mismo momento la señora Natalia se había quedado afónica.

* * *

Se ve que el delicado corazón de Benjamín no ha podido aguantar tantas emociones y nos ha dado un pequeño susto. Al regresar al balneario las luces de la cafetería ya estaban apagadas y hemos subido corriendo a las habitaciones del piso de arriba. Había alboroto y corrillos de gente en el pasillo; todos han enmudecido al vernos.

—Es Benjamín —ha anunciado la señora Natalia, sin ningún deje de afonía en la voz—. Ha reventado.

Como activados por un resorte, todos se han retirado levemente, como invitándome a proseguir hasta la habitación de Benjamín, en cuya puerta estaban las tres Gracias hechas un mar de lágrimas. Si no hubiera sido por Carla, que me ha cogido la mano, habría huido corriendo. Hemos avanzado poco a poco y el señor Follón, como un augurio de lo inevitable, me ha dado una palmada amistosa en el hombro.

Me ha sorprendido escuchar risas al otro lado de la puerta. He abierto y he visto al médico, y a Claudia, la madre de Carla, que no paraban de reír. Sobre la cama estaba Benjamín, incorporado a medias; sujetaba el brazo del médico y le cantaba el episodio de una ópera con la voz estropeada y teatral.

—Es la burla de Mefistófeles, una de las mejores serenatas de Gounod —ha explicado al terminar—. Pero antes él le ha concedido el don de la juventud y el amor de las doncellas. Como usted, ¿sabe a qué me refiero? Yo soy como el pobre Fausto y usted me concede una segunda oportunidad.

—Tiene usted mucha imaginación —se ha reído el médico.

Benjamín se ha dejado caer sobre la cama y nos ha descubierto.

—Mira a quién tenemos aquí —ha exclamado Benjamín, enfocando su mirada maliciosa hacia nosotros—, el príncipe Tamino y Pamina, la hija de la reina de la noche.

Después ha dirigido sus ojos grises hacia nuestras manos enlazadas y ha añadido:

—Me parece que el pobre Papageno ya no puede hacer nada más por ti, ¿eh?

—¿Qué te ha pasado? —le he interrumpido, molesto por la indirecta.

—Una subida de tensión, pero ya estoy bien.

—Tendrá que descansar de todos modos —ha prescrito el médico.

—Sí, sí —le ha interrumpido Benjamín—, mucha manzanilla y algún paseo de cuando en cuando, no se preocupe.

—Yo me quedaré esta noche con él y le vigilaré —he anunciado.

Para acabar, el médico le ha vuelto a tomar el pulso y se ha despedido. En seguida han entrado las tres Gracias con la misma devoción con que una beata se introduciría en el confesionario.

—Sólo un momento —ha susurrado Camelia.

—O toda la noche, si traéis las cartas —ha insinuado el viejo.

—¡Ay, vaya pieza estás hecho, Benjamín! —ha enrojecido Hortensia.

Los he dejado haciéndose carantoñas y he acompañado a Carla y a su madre a la habitación. Ya en la puerta, Claudia ha tenido la gentileza de dejarnos solos. Carla me ha dado un beso furtivo y, no sé por qué razón, he pensado en la nebulosa de Andrómeda navegando como alma que lleva el diablo y toda sola por el universo. ¡Ostras, qué vértigo me ha dado!

Al volver, Camelia, Hortensia y Begonia habían desaparecido y Benjamín, apoyado sobre los cojines doblados y risueño, me ha soltado:

—*Sine dolore est vulnus, quod ferendum est cum victoria.*[7]

—¿Y qué quieres decir con eso? —he sonreído.

—Que estoy contento por ti. Ven aquí.

Me he sentado en el borde de la cama y le he cogido la mano.

—¿Cómo ha ido eso, Arnau?

—Bien, chico, bien —he proferido.

Nos hemos abrazado como dos chiquillos y Benjamín me ha mirado fijamente con los ojos socarrones.

—Bien, mañana me toca a mí —ha dicho Benja-

7 La herida que nos da la victoria no provoca dolor.

mín—. Me tienes que ayudar con... ¿Cómo la llamas tú..., Pediluvio?

—Pero, ¿no has tenido bastante? —he preguntado sorprendido.

No habíamos vuelto a hablar del asunto y pensaba que se había olvidado.

—El médico dice que tienes que descansar —he añadido afectuoso.

—¡Monsergas! ¿No lo has oído? Me ha concedido una tregua, como a Fausto.

No sabía demasiado bien qué quería decir Benjamín con eso, pero he decidido seguirle la corriente. Sobre todo tenía que descansar. «Ya hablaremos de eso mañana», he pensado, como si por el hecho de posponer mi promesa alejara el peligro, aunque el escollo seguía ahí. Poco después, Benjamín, cansado de tantas peripecias, se ha dormido agarrado a mi mano, y me he sentido orgulloso de poder ofrecerle al menos este modesto asidero.

Mientras velaba su tranquilo sueño, he tratado de inventarme alguna argucia que le hiciera desistir de su propósito y, repasando los acontecimientos del día, la excursión y el baile, me he planteado si, al lado de mis amigos y persiguiendo francesas por la playa, habría vivido tantas emociones.

Al rayar el alba me ha despertado un resplandor azulado que, a intervalos regulares, llenaba de luz el techo de la habitación. He sacado la cabeza por la ventana y por poco me da un colapso. Debajo, aparcado delante del balneario, había un coche patrulla y, apoyado sobre la puerta, un policía que chupaba un cigarrillo como si lo quisiera estrangular. De repente, el policía ha mirado hacia la ventana y ha ido de un pelo que me descubriese. ¡Dios! ¡Me había olvidado de la denuncia!

He bajado corriendo y he llegado justo a tiempo de comprobar que el balneario de Aguacalda había caído en la anarquía: los Follón, mayores y pequeños, no dejaban de gritar; el señor Aníbal se había olvidado de ponerse la corbata, y la hiena corría arriba y abajo sirviendo a diestro y siniestro traguitos de coñac. Sólo Moisés, el marido de la señora Natalia, conservaba su apatía *catatónica*.

—¿Qué ha sucedido? —he preguntado tembloroso a Carla.

—Al parecer alguien se ha cargado a su mujer —me ha respondido ella con un deje trágico.

Por lo que se podía deducir de la narración sincopada de las tres Gracias, que, madrugadoras como son, se habían encontrado con todo el jaleo, la policía se había hecho fuerte en el comedor y estaba interrogando a Jaime. La señora Natalia, con la oreja pegada a la puerta, de cuando en cuando nos pasaba algún comunicado.

—Creo que le están torturando —ha murmurado—, pero él lo niega todo.

Ha transcurrido una media hora silenciosa y tensa durante la cual la señora Natalia no ha podido captar nada.

—Hablan demasiado bajo, los muy cretinos —ha explicado.

A continuación, se ha abierto la puerta y un hombre de uniforme ha dicho un nombre en voz alta. Nadie se ha movido de su sitio y, al cabo de unos segundos, he oído la voz de Carla que murmuraba:

—Contesta, Arnau, te están llamando.

—¿Quién? ¿Yo? —he preguntado, y me ha salido una especie de gallo.

El policía ha captado la voz disonante y me ha señalado con el dedo.

—¿Eres tú Arnau Sepúlveda?

En el comedor estaba Jaime, esposado y sentado delante de un hombre que parecía, a causa de una mueca perenne en su cara, que se hubiese dado un hartón de almendras amargas. El hombre me ha mirado fijamente, mientras daba golpecitos con el bolígrafo sobre la mesa. Jaime, a su vez, me ha lanzado una mirada de reojo que no me ha dejado lugar a dudas sobre el concepto nefasto que tenía de mi persona. He forzado una sonrisa, pero no sé muy bien cómo me ha salido.

—Dime, Arnau —ha escupido el policía vestido de paisano escrutándome la cara—, ¿eres un bromista?

—¿Qué?

—Te lo diré de otra forma: ¿tú te crees que la policía está para juegos, no? Anoche te aburrías y pensaste: voy a denunciar un crimen. ¡Vamos! ¡Contesta!

Me he quedado de piedra. Yo pensaba que la policía estaba al lado de la ley y que su misión era proteger a los testigos, no a los sospechosos.

—No, señor, él la ha matado, de veras —he protestado.

Las piernas me flaqueaban, pero el deber moral de

terminar de una vez con aquel brutal homicida me empujaba a continuar.

—Oí que discutían y ella le dijo que no lo volvería a hacer más, pero se ve que él no la creyó y la asesinó.

—Pues claro que discutimos, señor comisario. Todos los años me hace lo mismo —ha implorado Jaime.

—Tú calla de una vez, ¿quieres? —le ha interrumpido el policía.

Luego se ha dirigido de nuevo a mí de forma suave:

—¿En qué te basas para decir que este hombre ha matado a su mujer?

No me atrevía a insinuar el motivo del crimen delante de Jaime, por eso he utilizado la clave de la *bofia*.

—Hace tiempo que no la veo, desde que ella le confesó un 15-23 —he susurrado.

El policía se ha quedado boquiabierto.

—¿Un 15-23? ¿Estás seguro? ¿Y qué diablos pinta en este asunto el gatito de una anciana sobre el tejado?

—No, no —he recordado de pronto—, era un 23-15.

—Ah, un adulterio.

—¡Oh! —ha exclamado la señora Natalia al otro lado de la puerta.

—¿Pero qué adulterio, estúpido? —ha saltado Jaime.

—He dicho que te calles —ha cortado de nuevo el comisario—. Continúa, chaval. Esto se pone interesante.

—Ella le dijo que no lo volvería a hacer más, y desde aquel día no ha vuelto a aparecer. He visto a este señor dos veces salir de madrugada con un saco a la espalda...

—Pero si son mis utensilios de pesca —se ha justificado Jaime.

—Y también llevaba una pala.

—Pues claro, para sacar gusanos.

—¡Cállate o te pondré un esparadrapo en la boca!

El comisario ha hecho un largo silencio antes de preguntarme:

—¿Y qué se supone que ha hecho este señor con todo eso?

—Está muy claro, ¿no? Ha descuartizado a su mujer y ha enterrado los trozos por la montaña.

—¿Qué? —ha chillado el reo —. ¡Te estrangularé, imbécil!

El hecho de sentirse atrapado in fraganti ha puesto al prisionero fuera de sí, y ha intentado abalanzarse sobre mí, aunque, esposado como estaba, más que estrangularme el objetivo de este bárbaro debía de ser amputarme la nariz a mordiscos. Solamente la aparición del policía uniformado que me había introducido en la sala, de espaldas anchas como un armario, le ha hecho desistir del intento.

El guardia se ha acercado a su superior y le ha soltado unas palabras al oído en voz baja. Por la cara que ha puesto el comisario no me ha quedado ninguna duda de que habían localizado el cuerpo de Nuria o lo que quedaba de él. Sus palabras me lo han acabado de confirmar.

—Señor Llopis —ha dicho apenado—, hemos encontrado a su mujer.

Me ha extrañado, no obstante, que seguidamente ordenara que le quitasen las esposas a Jaime. No entendía estos modernos métodos de tratar a los delincuentes, y menos aún que la policía se disculpase ante un criminal tan peligroso.

—La Interpol la ha localizado en Nueva York, en las oficinas de la bolsa, como usted confesó, y ha corroborado su historia. No sé qué decir. Ha sido un malentendido imperdonable.

—Déjenme unos minutos a solas con este mentecato y no presentaré ninguna denuncia —ha contestado el ex prisionero frotándose las muñecas.

Mi cerebro estaba atascado como una cañería repleta de espaguetis, pero no lo suficiente para que no me cuestionara por qué razón quería quedarse Jaime a solas con el otro policía, puesto que salvo yo no había ninguna otra persona en la sala.

—Por lo que parece —intentaba sonreír el comisario para quitarle semejante idea de la cabeza al otro—, su esposa es una ejecutiva muy ocupada, ¿eh?

—Desde que nos casamos, siempre me hace lo mismo. Me abandona en mitad de las vacaciones y se va a Londres o a Nueva York a hacer algún negocio.

—Mi mujer me hacía lo mismo —ha confraternizado el comisario—, siempre se iba por medio mundo, pero yo se lo saqué de la cabeza, ¿sabe qué quiero decir?

—Me importa tres pimientos lo que usted quiera decir —ha cortado Jaime, y después ha añadido secamente—: ¿Me puedo ir ya?

—Por supuesto, claro, claro, no hay ningún cargo contra usted.

Al quedarnos solos los dos policías y yo, han

transcurrido unos segundos de silencio eternos que ha roto finalmente el comisario, con su voz ácida de vinagre.

—Ay, Arnau... Arnau, Arnau, Arnau..., ¿qué vamos a hacer contigo, Arnau? ¿Sabes cuántos dolores de cabeza nos ha costado tu denuncia?

Se ha hecho de nuevo un silencio durante el cual he sospechado que el comisario sopesaba qué tortura me convenía más. Por mi parte, al primer tirón de orejas estaba dispuesto a confesar, si era preciso, el robo de las joyas de la corona inglesa.

De repente, la puerta del comedor se ha abierto de par en par y la señora Natalia ha anunciado que tenía que hacer una aportación muy importante sobre mí, que explicaría de una manera inequívoca mi comportamiento neurótico.

—Este delincuente no tiene padres —ha denunciado señalándome con su dedo artrítico, tan torcido que, por un momento, el comisario, desconcertado, y yo, aliviado, hemos dudado si no se refería al vigilante que custodiaba la puerta—. Su madre se lió con un marino de la marina mercante y ahora lo cuida un vecino borracho que pega a su madre adoptiva —ha concluido.

Se ha oído un *clic*, el del bolígrafo del comisario al caer sobre la mesa, y un *cloc*, el del movimiento de la mandíbula del otro policía al quedarse boquiabierto.

—Pero si eso fue una broma —he tratado de explicar yo.

—Es decir, que al final sí que eres un bromista.

Visto que la escena no tenía buena pinta y que mis

adversarios no me otorgaban ningún crédito, he optado por hacer una retirada estratégica y me he lanzado corriendo y a ciegas hacia la salida, con tan mala suerte que la puerta se abría en aquel momento y me he dado con el canto justo en medio de la nariz. Nada que no puedan curar dos puntos bien dados.

—¿Pero adónde ibas, Arnau? —me ha preguntado Benjamín, plantado en el umbral.

—A Australia —he conseguido articular, tratando de cortar la segunda hemorragia nasal en pocos días.

—¿Qué pasa aquí? —ha tronado seguidamente el viejo con los ojos clavados en el comisario.

—Usted no se meta. Esto es un asunto oficial, y este jovencito ha de responder de sus calumnias —ha contestado él apuntándome a la frente con el dedo acusador.

—¿Calumnias? No seas imbécil.

—Benjamín, por el amor de Dios, no me ayudes, que me juego el cuello —he suplicado con el corazón en un puño.

—Tendrá que venir con nosotros a una residencia de menores —ha insistido molesto el policía.

—¿Pero qué dices, estúpido? —le ha insultado de nuevo imprudentemente Benjamín, que sin duda aún estaba trastornado por su ataque—. Eso no te lo crees ni tú. Yo respondo de Arnau y, antes de llevarte a mi amigo, tendrás que pasar por encima de mi cadáver, comisario de pacotilla.

He calculado a todo trapo que el desacato y la obstrucción a la policía nos podrían costar como mínimo diez o doce años en una cantera de Madagascar, y creo que me he quedado corto. El *poli* uniformado ha hecho el gesto de abalanzarse sobre Benjamín, pero su superior, que tragaba quina con una repugnancia diáfana, le ha detenido con un gesto seco de la mano que ha restallado en el aire como un azote. Por mi parte, dicho sea de paso, he deseado transformarme en una pizza.

—Según esta mujer, tu amigo Arnau —y ha subrayado la palabra *amigo* para dar a entender que consideraba imposible tal alianza cronológica— convive con un borracho peligroso y su amante. Tenemos que protegerle hasta que averigüemos el paradero de sus verdaderos padres.

—Esta arpía tiene la fantasía de un fiscal de la Santa Inquisición. Los padres de Arnau han ido de visita a casa de unos amigos y regresarán pronto. Por lo que yo sé, su único defecto es que no le hacen todo el caso que se merece al chaval, pero eso no es ningún delito. Al fin y al cabo, eso mismo es lo que hace mi familia conmigo —ha desafiado Benjamín.

—¿Quiere que le inmovilice, señor? —se ha ofrecido el policía-armario, pero el comisario ha declinado la oferta y les ha hecho salir a todos de la sala, a él y a la señora Natalia, que ha protestado enérgicamente porque, en su opinión, las conversaciones no se escuchaban con suficiente nitidez a través de la puerta.

Sé que es una hipérbole, pero al quedarnos solos, el silencio era tal que sólo se oía cómo salía la sangre de mi nariz tumefacta.

—¿Cómo está mi hija? —ha hablado finalmente Benjamín.

—Insoportable, se obstina en tocar cada día el violín.

—Así, no está perdida del todo —ha suspirado el viejo y, seguidamente, al captar mi desconcierto, comparable solamente al de un célebre personaje literario al descubrir que era un cisne en lugar de un patito feo, ha añadido—: Arnau, te presento a mi yerno, el comisario Llorente.

Me he quedado aproximadamente de mármol. Mira por dónde, por obra y gracia de Benjamín, mi acusador se había convertido en el altruista anónimo que había subvencionado mis últimos desayunos y el tratamiento contra el acné.

—Muy bueno el jamón —le he soltado tímidamente dándole la mano.

—La verdad es que no me extraña que seáis amigos —ha respondido él, con la muestra de lo que pretendía ser una sonrisa y que en su cara, sometida al continuo ejercicio de la represión, no pasaba de ser un indicio leve—. Me imagino que no te cuidas mucho, ¿no? —le ha dicho después a Benjamín.

—Me río todo lo que puedo —ha respondido el viejo.

—De acuerdo, no sé por qué, pero dejaré al chaval a tu cargo.

Después ha hecho una pausa larga y ha añadido:

—Si necesitas algo, ya lo sabes, que lo apunten en mi cuenta.

—Lo tendré muy presente, gracias —ha contestado lacónico su suegro.

Han hecho otra pausa incómoda y he asistido al apretón de manos de dos hombres tan diferentes como el agua y el fuego, y que, a pesar de sus esfuerzos, no podrían quererse nunca.

* * *

Hemos celebrado mi puesta en libertad con un almuerzo extra que hemos apuntado a la cuenta del comisario Llorente. Estaba nuestro grupo al completo: Carla y su señora madre, las tres Gracias, Benjamín y yo. Begonia, en un aparte, me ha dicho, encogida como un acordeón, que quería confesarme un secreto.

—¿Me permites que primero te lea las líneas de la mano? —le he respondido yo—. Tienes cara de enamorada.

—¡Oh! —ha enrojecido ella—. ¿Tanto se me nota?

—Hay un hombre en tu vida, un ser maravilloso —le he predicho haciendo como si escrutase atentamente su extremidad superior derecha.

—¿Puedes verle la cara?

—No, pero le oigo.

—¿Y qué dice?

—Canta. Mal, pero canta.

—¡Oh, es él, es él! —se ha emocionado la anciana. Después, Begonia me ha pedido si podía aprovecharme de mis dotes de brujo, en las que creía a pies juntillas después de mi revelación.

—Cuenta con ello, Bego, hablaré con Benjamín.

* * *

No me ha sido nada fácil, pero la amistad con el empleado de brazos anchos como ramas de secuoya y un pequeño soborno que, mira por dónde, pagará el estricto comisario Llorente me han abierto las puertas de la sala de masaje. Benjamín no se esperaba que le consiguiera la cita tan pronto y estaba hecho un manojo de nervios. He temido que estuviese cometiendo una imprudencia dada la debilidad de su corazón. O vete a saber si precisamente por eso estaba obrando bien, he dudado. Seis veces me ha preguntado si Pediluvio estaba de acuerdo y seis veces le he dicho que sí.

—Es un capricho —se ha justificado de nuevo el viejo—. Las mujeres tienen las manos más suaves, ¿sabes?

—No tienes que explicarme nada, Benjamín. Sólo tienes que taparte los ojos. Le da vergüenza.

—Supongo que no me vas a dar gato por liebre, ¿eh, Arnau? —se ha reído Benjamín.

—¿Qué quieres decir?

—Que no me enviarás al fisoterapeuta de la barba camuflado.

—Te prometo que no será un hombre, y te gustará tanto que te parecerá un pulpo.

He dejado a Benjamín en la litera con los ojos vendados y he ido a buscar a Carla rogando para que todo saliera bien.

Desde la cima de la cueva del Milagro, mientras experimentábamos las escaramuzas de nuestro amor estival, he oído el canto desafinado de Benjamín destrozando los acordes de *Tristán e Isolda,* y he comprendido mediante este cántico que las tres Gracias habían empezado al fin su masaje.